KB006395

트레샤 퓨전 판타지 장편소설
WISHBOOKS FUSION FANTASY STORY

마왕성
플레이어

1

트레샤 퓨전 판타지 장편소설

초판 1쇄 찍은 날 | 2019년 3월 6일
초판 1쇄 펴낸 날 | 2019년 3월 13일

지은이 | 트레샤
펴낸이 | 예경원

기획 | 위시북스
편집책임 | 이규재
편집 | 위시북스

펴낸곳 | 예원북스
등록번호 | 제396-2012-000132호
등록일자 | 2012. 7. 25
KFN | 제1-375호

주소 | 경기도 고양시 일산동구 호수로 646-24 위너스21II빌딩 206A호 (우)10401
전화 | 031-819-9431 팩스 | 031-817-9432
E-mail | yewonbooks@naver.com

ⓒ트레샤, 2019

ISBN 979-11-6424-173-6 04810
        979-11-6424-172-9 (set)

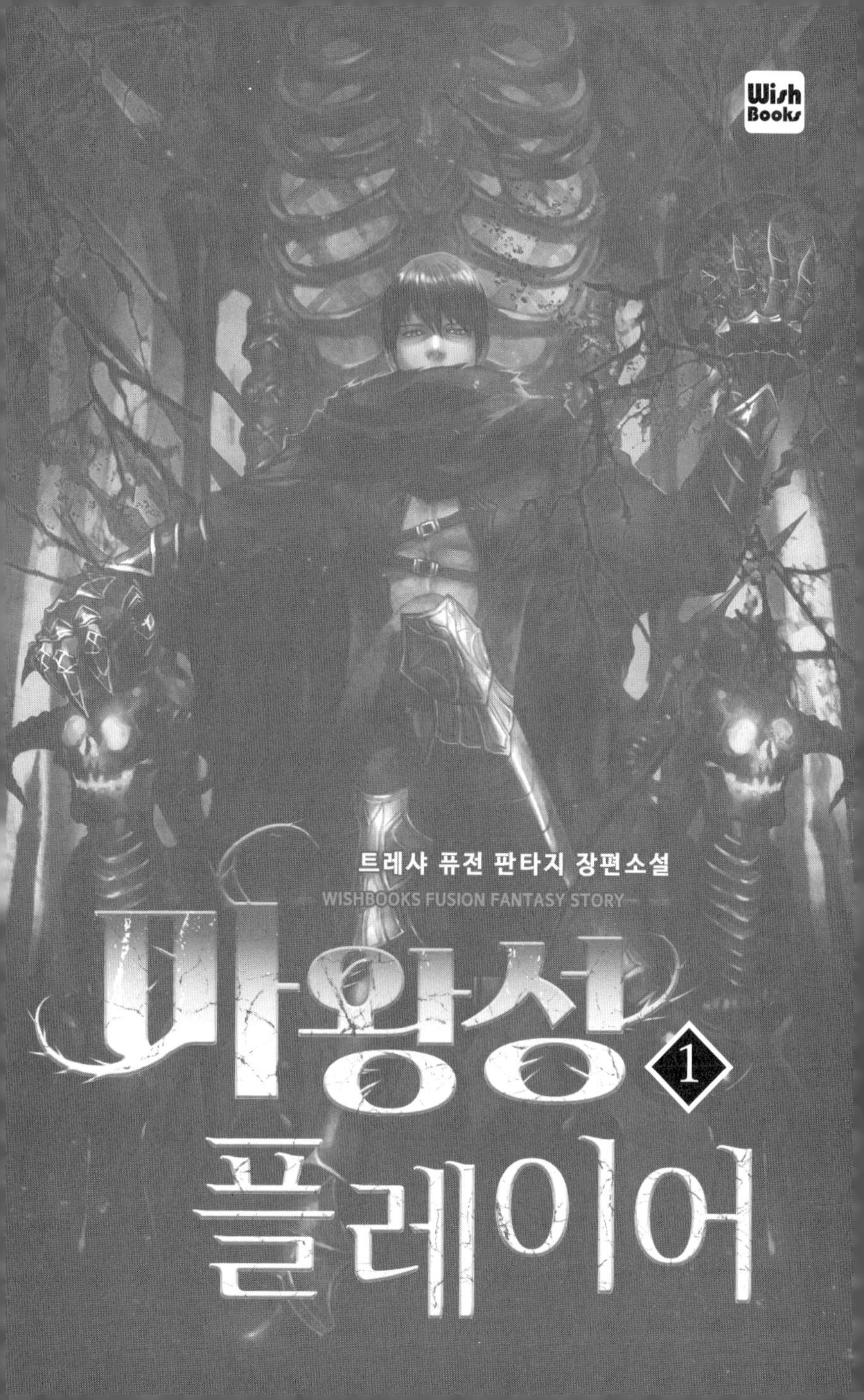
트레샤 퓨전 판타지 장편소설
WISHBOOKS FUSION FANTASY STORY
마왕성 플레이어
1

CONTENTS

◀ 1장 ▶
프롤로그

"끄아아악!"

가면을 쓴 청년이 피를 쏟아내며 쓰러진다. 74좌 마왕 중 최약체로 평가받던 마왕이다. 다른 마왕들과 달리 힘도 능력도 보잘것없었었지만 무슨 이유 때문인지 마지막까지 살아남아 있었다.

지이이이잉.

멈춰 있던 톱니바퀴가 움직이기 시작했다. 그리고 만신창이가 된 두 명의 시선도 저절로 게이트를 향했다.

74좌 마왕 처치.

이 세계로 소환될 당시 두 번째로 주어졌던 목표다.

비록 다섯 개의 진영이 모두 희생됐지만 두 명만큼은 살아 있었다.

"정말 목표 내용대로야. 마지막 마왕을 처치하니 게이트가 오픈되고 있어."

"아, 그래."

"용찬, 언제까지 그러고 있을 거야. 드디어 돌아갈 수 있다고. 기쁘지 않아?"

유일한 동료가 기뻐한다. 다른 동료들이 모두 희생되었건만 아직까지도 저런 감정이 남아 있는 모양이다.

'아니, 어쩌면 저게 정상일지도 모르지.'

용찬은 갑갑한 갑주와 건틀릿을 벗고 동료의 어깨를 두들겨 주었다.

"그래. 드디어 돌아갈 수 있어. 이제 우린 현대로 귀환하는 거야."

"처음부터 그렇게 나왔어야지. 자, 그러면 들어가 볼까?"

동료, 아니, 태현의 나긋하던 인상이 굳어진다.

거의 감겨 있던 실눈 또한 떠져 있었으니 그도 긴장했단 증거일 터.

'긴장되겠지. 무려 10년 만에 현대로 돌아가는 거니까.'

문득 3차 소환 당시가 떠오른다. 죽을 고비를 수십 차례나 넘기며 지내온·과거가 너무나도 선명했다.

전쟁 때부터 함께해 온 태현도 크게 다르진 않을 터.

용찬은 먼저 게이트를 향해 걸어가 긴장을 덜어주었다.

"이제 돌아가……"

시야가 흐릿해진다. 가벼워진 발걸음이 멈춰지며 전신으로 전류가 피어올랐다. 뒤늦게 고개를 돌려보니 태현의 손에 단검이 쥐어 있는 것이 보였다.

강제 제압용 장비 카스트랄 대거.

머더러들 사이에서도 쉽게 구하기 힘든 무기다. 하나, 어떻게 구했는지는 지금 중요하지 않았다.

[모든 스킬이 봉인됐습니다.]
[모든 능력이 봉인됐습니다.]
[모든 장비 효과가 봉인됐습니다.]
[모든 아이템 효과가 봉인됐습니다.]

왜, 어째서, 무엇 때문에……. 수많은 의문이 머릿속을 괴롭힌다.

용찬은 망연자실한 눈빛으로 가장 든든했던 동료를 쳐다봤다.

"……왜?"

"……."

"왜에에에에에에!"

점차 눈앞이 깜깜해진다. 태현은 대거를 집어넣고 어깨를 으쓱거렸다.

"사실 게이트를 넘어갈 수 있는 건 한 명뿐이야. 근데 너부터 들어가면 내가 귀환을 못 하잖아. 안타깝지만 이게 엔딩이야."

가장 믿어왔던 동료가 발길음을 옮긴다. 천천히, 아주 천천히 조소를 지으며 게이트로 향했다.

그리고 태현의 발이 게이트를 넘어가는 순간.

[리오스 진영의 플레이어 유태현이 게이트로 진입했습니다.]

10년 동안 이어져 왔던 싸움이 막을 내렸다.

◀ 2장 ▶
헨드릭 프로이스

하멜. 신들의 전장이라고 불리는 이차원이다.

이곳으로 소환되어 신들의 사도로 선택받은 현대인들은 목표를 달성해야만 했다. 게임 시스템이 적용된 세계는 플레이어들로 하여금 강한 힘을 추구하게 만들었지만, 사망할 시 영혼이 소멸된다는 점은 그들에게 큰 두려움을 주었다.

용찬 또한 악전고투했지만 첫 번째 목표는 도저히 희망이 보이지 않았다. 그래서 모든 진영이 연합을 결성하게 됐다.

그리고 두 번째 목표를 노릴 당시.

'저놈이 타이란트 길드 마스터 유태현이야. 연합이 결성되는 순간까지 크게 반대했다고 하던데 용케도 참전했어.'

그곳에서 유태현을 만나게 됐다.

[영광의 게이트가 폐문됩니다.]

 톱니바퀴가 반대 방향으로 돌아간다. 활짝 열려 있던 게이트는 마지막 희망까지 깨부수며 천천히 닫혀갔다.

 '병신같이 이럴 때가 아니야. 어떻게든 방법을 찾아야 해!'

 10년 동안 갈망했던 귀환이다. 플레이어 능력은 전부 봉인됐지만 아직 팔과 다리는 움직였다.

[카스트랄 대거의 효과가 적용되고 있습니다.]
[봉인진에서 벗어날 수 없습니다.]

 전류가 움직임을 방해한다. 용찬은 똥 씹은 표정으로 인벤토리를 펼쳤다.

 '아무거나, 어떤 거라도 상관없어. 여기서 빠져나갈 수만 있다면 무엇이든 괜찮다고!'

 조급한 손길이 이리저리 아이템을 향한다. 하나, 대거의 효과 때문인지 모든 아이템이 먹통이었다.

 유일하게 효과를 받지 않은 것이라면 정보가 표시되지 않는 푸른 구슬뿐.

'이 구슬은 이 세계의 물건이 아니에요. 언제고 당신이 가장 위험에 처해 있을 때 이게 도움이 될 거예요.'

미간이 좁아지며 미묘하게 꿈틀거린다.

2년 차 당시 예언의 마녀에게 직접 건네받았던 푸른 구슬이다. 그땐 쓸모없는 보상이라고 여겼지만 어쩌면 지금 이 상황을 돌파할 유일한 해결책일지도 몰랐다.

'……카스트랄 대거의 효과가 적용되지 않는다면 가능할지도 몰라. 마녀의 물건이라는 것이 영 꺼림칙하지만 더 이상 다른 방법도 없어. 사용한다!'

손에 쥔 구슬이 푸른빛을 발한다.

용찬은 사용법을 떠올리며 구슬을 깨트렸다.

[영혼 이식의 대상을 선택해 주십시오.]

흐릿하던 시야가 붉게 물든다. 마왕성 내부에서 유일하게 푸른색을 띠는 것은 바로 마왕의 시체.

'영혼 이식이라고?'

플레이어에게 본인의 영혼은 목숨 그 자체다. 그런 영혼을 이식한다는 것은 매우 위험성이 컸다. 게다가 10년 차인 용찬도 이런 일은 금시초문이었다.

서서히 고민이 깊어지는 가운데 점차 닫혀가는 게이트로 눈길이 갔다.

'게이트가 닫히면 모두 끝이야. 망설일 시간 따윈 없어!'

마왕의 시체 위로 메시지가 떠오른다.

[헨드릭 프로이스]

[선택하시겠습니까?]

[Yes/No]

더 이상 망설임은 없었다.

용찬은 결정을 내리고 헨드릭 프로이스를 선택했다. 그리고 시야가 원래대로 돌아오는 순간 의식이 정지됐다.

털썩.

푸른 아지랑이가 피어오른다. 영혼이 빠져나간 신형은 이내 마력으로 물들며 소멸됐다.

잠깐의 정적, 어느새 바닥에 고여 있던 핏물들이 도로 몸으로 스며들기 시작했다.

[신체가 회복되기 시작합니다.]

[플레이어 고용찬의 영혼을 인식합니다.]

[동기화율 14%]

플레이어 1

손가락 마지막 마디가 꿈틀거린다. 태현에게 사망했던 헨드릭은 몽롱한 정신으로 자리에서 일어났다.

삐쩍 마른 몸에서부터 느껴지는 생기. 온몸이 철근같이 무거웠지만 영혼 이식은 성공한 셈이었다. 헨드릭, 아니, 용찬은 점차 차오르는 동기화율을 보며 게이트로 향했다.

'플레이어 인식이 완료되면 게이트를 넘어가지 못해. 반드시 이놈의 몸으로 넘어가야 해. 얼른, 얼른 넘어가야!'

완벽히 신체가 회복된 것은 아닌지 제 속도가 나오지 않았다. 용찬은 거의 기어가는 형태로 손을 쭉 뻗었다. 그리고 절반쯤 닫혀가던 문틈으로 도달한 순간 환한 빛이 쏟아졌다.

'유태현, 놈에게 복수만 할 수 있다면. 내가 느낀 허무함의 배로 고통을 선사할 수만 있다면. 이런 몸이라도 좋아. 지옥 끝까지라도 쫓아가 고통을, 아니, 끝없는 절망을 안겨주겠어!'

시야가 점멸하며 세상이 반전된다. 용찬은 게이트의 빛에 몸을 맡기며 그대로 빨려 들어갔다.

[게이트로 진입한 존재가 두 명으로 인식됐습니다.]

[귀환 실패!]

[하멜이 리셋됩니다.]

무려 5년간 벌어진 전쟁의 종지부를 찍은 날. 신들의 전장은 10년 전으로 되돌아갔다.

74좌 마왕. 마계에서 가장 권위가 높은 자들을 뜻한다.

각 가문의 가주들은 혈통 대대로 마왕이란 칭호를 물려주었고, 선택받은 마족은 마왕이란 칭호와 동시에 마왕성을 물려받았다.

절망의 대지에 속한 마왕성은 총 74개. 그들은 일정 지역을 관리하며 마왕성을 운영할 숙명을 가지고 있었다. 그리고 전대 마왕 중에서 가장 독보적인 힘을 선보였던 펠드릭 프로이스 또한 자신의 아들에게 마왕성을 물려주었다.

'펠드릭 프로이스가 마왕성에서 물러나 가문에 칩거했다지?'

'한데, 듣자 하니 펠드릭 프로이스의 아들놈은 최하급 마족에다가 망나니로 소문이 난 놈이라던데. 과연 어떠려나.'

'아버지를 따라서 최상위 서열에 등극할지. 아니면 전대의 영광을 품에 안은 비운의 마왕이 될지는 두고 봐야 알겠지.'

소문은 좋지 못했지만 펠드릭은 자신의 아들을 믿었다. 줄곧 가문의 저택을 관리하던 집사 그레고리도 함께 보내놨으니 어느 정도는 마음을 달리 먹을 것이라고 예상했다.

하나, 그 믿음은 단숨에 깨져 버렸다.

마왕성을 맡게 된 헨드릭은 이전보다 더욱 망나니짓을 하기 시작했고, 가문에서 지원한 자금들을 단숨에 날려먹었다.

순식간에 마왕성은 파산 지경에 이르게 됐고 펠드릭은 직접 아들을 찾아가 크게 호통을 쳤다.

"지금 그 꼴은 도대체 무엇이냐. 이런 계집질이나 즐기라고 내가 자금을 지원해 준 것 같아?"

"크으으. 술, 술을 더 갖다 줘!"

"이익. 네, 네놈은 가문의 수치다. 다신 가문으로 돌아올 생각도 하지 마라!"

그날 이후로 가문의 지원은 끊겼다. 헨드릭은 홀로 남겨졌고 마왕성은 재정 위기에 처하게 됐다. 다행히 집사 그레고리만큼은 마왕성에 남게 됐지만 그로서도 도저히 수습이 불가능한 상황이었다. 헨드릭은 매일같이 술을 찾았고 마왕성에 남아 있던 병사들은 일찌감치 도주를 해버렸다.

그리고 마계 전체로 비웃음을 사며 가문에 먹칠을 한 마왕은 오늘도 방 안에 틀어박혀 나오지 않았다.

'오늘로 1년째. 다행히 헤르덴 상단이 일정 젬을 대가로 마왕성을 지원해 주곤 있지만 매번 도련님께서 탕진해 버리니⋯⋯.'

벌써부터 술 냄새가 진동을 했다. 방 앞에 도착한 그레고리는 한숨을 내쉬며 노크를 했다.

"도련님, 그레고리입니다. 안으로 들어가도 되겠습니까?"

"……"

"도련님?"

이 시간대라면 깨어나 있어야 할 시간이다. 평소처럼 주정 소리가 들려오지 않자 그레고리는 고개를 갸웃거렸다.

간혹 수면을 취할 경우도 있었지만 지금만큼은 아니었다.

"우선 들어가겠습니다."

문이 열리며 엎질러진 술병들이 보인다. 방 안 풍경은 항상 보던 그대로였다. 그레고리는 진동하는 술내에 인상을 찌푸리다 이내 침대를 쳐다봤다.

"……도련님?"

누런 얼룩이 진 시트 위로 앉아 있는 헨드릭이 보인다.

평소와 달리 손에는 술병이 쥐어 있지 않았다. 위화감을 느낀 그레고리는 조심히 다가갔다.

그리고 고개를 숙이고 있던 헨드릭의 눈빛을 보는 순간 온몸이 경직됐다.

'……!'

결코 최하급 마족에게서 느낄 수 없는 살기가 방 안을 잠식하고 있었다.

헨드릭 프로이스. 74좌의 마왕의 발끝에도 못 미치는 최하위 서열 마족. 하지만 그의 아버지이자 홍염의 패자라 불리는 마왕 펠드릭 프로이스는 전통에 따라 헨드릭에게 자신의 성 하나를 하사한다.

마왕성의 이름은 바쿤. 헨드릭이 마왕성을 물려받은 지 1년 뒤. 그에게 붙은 칭호는 딱 세 가지였다.

망나니 마왕. 프로이스 가문의 수치. 약골 중의 약골 헨드릭……

매일 술놀음과 계집질에 찌든 헨드릭에게는 온당한 평가라고 할 수 있었다.

하지만 헨드릭에게도 나름의 이유는 있었다.

홍염의 패자라고 불리는 아버지와 달리 헨드릭에게는 어떠한 권능도 발현되지 않았다. 게다가 최하급 마족이다 보니 마력도 바닥을 쳐 마법을 익히기에도 불리했다. 하는 수 없이 무술을 익혀봤지만, 성취가 너무 지지부진했다.

그걸 깨달았을 때 헨드릭은 좌절할 수밖에 없었다.

'일찍이 자신의 무력함을 깨닫고 포기한 놈이라.'

기억이 동화된다. 어린 시절 느꼈던 작은 감정까지도 모두 전해지고 있었다. 지금 헨드릭 프로이스의 몸을 차지한 것은 바로 용찬. 영혼 이식을 통해 게이트를 넘어오면서 플레이어의 동기화율 또한 극에 달한 상태였다.

[동기화율 100%]
[플레이어 인식이 완료됐습니다.]
[새로운 신체를 얻었습니다.]
[플레이어 시스템을 재설정합니다.]

모든 것이 혼란스럽다. 영광의 게이트를 넘어갈 당시만 해도 하멜이 리셋될 줄은 꿈에도 몰랐던 용찬이었다.

하나, 그것도 잠시.

'안타깝지만 이게 엔딩이야.'

문득 떠오른 누군가의 존재로 인해 머리가 차갑게 식었다.

어떤 상황이든 간에 배신당했다는 것은 변함이 없었다.

'놈을 찾는다. 찾아서 반드시 죽여 버린다.'

귀환에 대한 미련이 사라진다. 마왕의 몸까지 차지한 이상 최우선적인 목표는 유태현이다.

"……도련님?"

흰 수염이 돋보이는 중년 사내가 보인다. 프로이스 가문의 집사이자 지금은 바쿤의 집사인 그레고리다. 모두 떠나간 마왕성에서 유일하게 헨드릭의 곁을 보좌해 온 자이기도 했다.

'내가 플레이어란 사실은 숨겨야 할 테지만 굳이 일부러 연기할 필요는 없어. 어차피 이 몸으로 살아가야 하는 마당이니 확실히 준비하고 달라진다.'

모두가 비웃던 최하위 마왕을 변화시킨다.

용찬은 앞으로의 행보를 위해 상황을 정리하기 시작했다.

"그레고리, 지금이 하멜력으로 몇 년도지?"

"으음. 방 안에만 틀어박혀 계시더니 이제는 날짜도 잊어버리신 겁니까. 올해는 탄투라의 해로 하멜력 342년이잖습니까. 갑자기 이런 질문이나 하시고 정말 이상하군요. 아까 전도 그렇고. 혹시 무슨 문제라도 생기신 겁니까?"

"아니, 없어. 이만 나가봐."

위화감을 느낀 그레고리가 의문을 제기했지만 무시했다.

그리고 방 안에 홀로 남은 용찬은 시스템 재설정 현황을 살피며 종이와 깃펜을 찾아다녔다.

한편, 방을 나선 그레고리는 매우 당황스러웠다.

'도련님께서 저런 정상적인 모습으로 대화를 하시다니. 아까 살기 가득한 눈빛도 그렇고, 갑작스레 날짜에 대해 물어본 것도 그렇고. 정말 당황스럽군.'

바쿤에 머무르는 동안 한 번도 보지 못한 모습이다.

혹시나 하는 기대감이 생겨났지만 다음 날이면 다시 평소처럼 돌아갈지도 모르는 일이었다.

그레고리는 괜한 기대를 접으며 계단을 내려갔다.

그리고 1층에 발을 내딛는 순간, 은발의 다크 엘프가 그의 앞을 막아섰다.

"음. 루시엔 님이시군요. 무슨 일이십니까. 혹시 불편하신 것이라도?"

"몰라서 하는 소리야? 이번에야말로 계약을 취소하러 왔어. 설마 저번처럼 얼렁뚱땅 넘어가려는 것은 아니겠지?"

루시엔의 눈이 가늘어진다. 자진해서 마왕성으로 들어왔던 그녀는 오늘도 빼먹지 않고 헨드릭을 찾았다.

기존 계약 기간은 2년. 처음만 해도 힘을 기르기 위한 목적으로 들어온 루시엔이었지만 현 마왕의 행태는 옆에서 지켜볼수록 실망감이 커질 수밖에 없었다.

그로 인해 그녀는 계속해서 계약 취소를 요구하고 있었지만 그레고리의 입장에서는 그녀가 유일한 전력. 결코 잃을 수 없다는 입장이었다.

"죄송하지만 오늘도 도련님의 상태가 썩 좋지 못합니다. 다음번에 다시 찾아와 주시면……."

"좋지 못하긴 뭐가 좋지 못해. 오늘도 병나발을 불며 나가떨어졌겠지. 게다가 저번에는 서큐버스들까지 방 안으로 불러들여서 놀았잖아. 내가 모를 줄 알아?"

"……후우. 루시엔 님, 지금은 도련님께서 방황하고 계시지만 언젠가 정신을 차리시고 진정한 마왕으로 거듭나실 겁니다. 그때까지 믿고 기다려 주십시오. 부탁드립니다."

"웃기지 마. 벌써 네 달이나 기다려 왔어. 가주에게도 버림받은 최하급 마족이 무엇을 한다고. 지금도 마왕성 따윈 내버려 두고 방 안에만 틀어박혀 있는데 무엇을 믿고 더 기다려 달란 말이야."

그레고리의 눈썹이 작게 꿈틀거렸다.

"말씀이 좀 지나치십니다. 루시엔 님."

"내가 틀린 말이라도 했어? 아무튼 조만간 그 마족 놈을 직접 대면할 테니 그렇게 알아. 더 이상은 못 참는다고."

인내심의 한계가 드러난 것이 눈에 보인다. 텅텅 빈 마왕성 내에서 네 달 동안이나 있었으니 저럴 만도 했다.

"하아."

그레고리는 멀어져 가는 루시엔의 뒷모습을 보며 깊게 한숨을 내쉬었다.

-게이트 허용 인원.

-게이트의 정보를 알고 있던 유태현.

-예언의 마녀와 그녀가 건네준 구슬.

-고용찬의 존재 유무.

-리셋된 하멜.

-유태현.

-재설정된 플레이어 시스템.

-헨드릭 프로이스.

서랍에서 찾은 백지가 의문들로 채워졌다.

첫 번째로 게이트 허용 인원. 두 번째 목표 클리어 당시 오픈된 게이트는 단 한 명의 플레이어만 진입이 가능했다.

'목표 창에는 적혀 있지도 않았던 내용이었어. 애초에 모든 플레이어가 그런 사실을 알고 있었더라면 연합은 결성되지도 않았을 거야.'

두 번째로 게이트의 정보를 알고 있던 유태현. 연합이 결성될 당시까지도 크게 반대했던 그는 게이트의 진실을 알고 있었다.

'다른 플레이어들은 아무도 모르는 그런 사실을 그놈 혼자

서만 알고 있었단 것도 이상해. 무언가 내가 모르는 이면이 존재하고 있어.'

세 번째로 예언의 마녀와 그녀가 건네준 구슬. NPC라 불리는 그녀가 고작 2년 차에 미래의 배신을 예상하고 구슬을 건넸다? 푸른 구슬은 하멜의 아이템이 아니었던 데다가 효과 또한 금시초문인 영혼 이식이었다.

'어쩌면 예언의 마녀가 모든 의문의 열쇠일 수도 있어. 만약 그녀가 리셋 이후에도 존재한다면 유태현에 대한 정보를 얻을 수 있겠지.'

네 번째. 이 시점에 고용찬이 존재하는가. 영혼 이식에 성공했을 때 본래 용찬의 육체는 소멸됐다. 만약 리셋 이후에도 소멸이 인정된다면 지금 이 시간대에 진영 플레이어 용찬은 존재하지 않을 것이다.

'현재 나는 마왕의 몸을 가졌어. 영혼 이식 당시 육체가 소멸하는 것은 확인했지만 당장 확신은 하지 못해. 어차피 확인할 방법이야 많으니 나중에 직접 확인해 본다.'

다섯 번째로 리셋된 하멜. 그레고리를 통해 10년 전으로 되돌아왔다는 것은 이미 확인했다. 문제는 1회 차와 달라진 것이 있는지 없는지였다.

'그냥 시간대만 되돌아온 것이라면 나는 모든 정보를 알고 있는 플레이어가 돼. 히든 피스의 위치, 주요 아이템 및 장비의 위치쯤은 대부분 외우고 있으니까. 하지만 만약 달라진 것이 있다면 앞서간다고 보긴 힘들겠지. 아예 마왕의 능력과 마왕성을 이용해 다른 방식으로 강해져야 해.'

여섯 번째로 유태현. 게이트를 넘어선 플레이어이자 용찬을 배신한 자다. 가장 먼저 게이트로 진입했으니 그 또한 리셋의 영향으로 인해 이 시간대로 돌아왔을 것이다.

'그렇다고 하면 유태현 그놈도 마찬가지로 나에 대한 존재를 의식하고 있단 소리가 된다. 마왕의 몸을 얻은 것까진 알지 못하겠지만 나를 가장 먼저 제거하려 들 거야.'

일곱 번째로 재설정된 플레이어 시스템. 영혼 이식을 통해 새로운 신체를 얻으며 인식이 완료됐다. 다만 신의 사도로 진영도 지정받지 않은 마왕이다 보니 기존 시스템은 적용되지 않았다.

마지막 여덟 번째로 헨드릭 프로이스.

'최약체 마왕인 건가. 그때 당시 가면을 쓰고 있어서 몰랐는데 이렇게 생겼었군.'

용찬은 종이를 주머니 속에 집어넣고 거울을 바라봤다.

짙은 흑발과 선명한 흑안. 태현이 몰랐던 것은 물론 자신도 이제야 알게 된 동양적인 이목구비였다.

'도대체 왜 이런 놈이 마지막에 살아남았을까. 이때는 가면도 쓰지 않고 있었군. 따로 사연이 있을지도 모르겠어.'

리셋 전 헨드릭의 고유 기억은 남아 있지 않았다. 그러다 보니 여러 의문점이 있었지만 당장은 알아낼 방법이 없었다.

[플레이어 시스템이 재설정됐습니다.]
[마왕성 플레이어로 등록됐습니다.]
[배움의 방으로 강제 이동됩니다.]

'마왕성 플레이어? 처음 들어보는 단어인데.'

마왕과 플레이어의 영혼이 한데 섞여 태어난 새로운 시스템 같았다.

'플레이어와 정확히 무엇이 다른지는 아직 모르겠고. 지금 그것보다 중요한 건……'

배움의 방. 튜토리얼이라고도 불리는 생존 게임이 치러지는 곳이었다. 플레이어라면 누구 하나 예외가 없었기에 용찬 역시 1회 차 때 방문했던 경험이 있었다.

'과연 1회 차 당시 튜토리얼 미션과 동일할까? 일단 배움의 방에서 마왕성 플레이어에 대해서 먼저 살펴봐야겠어.'

기억 상으로 확인한 헨드릭의 능력은 최저. 1회 차 당시에도 매우 허무하게 죽어버렸으니 부족한 마왕의 능력부터 보완해야 했다.

'서열 74위 망나니 마왕. 이런 몸으로는 제대로 복수도 꿈꾸지 못해. 우선 배움의 방과 튜토리얼 미션을 통해 기본적인 힘

을 갖춘다. 그리고……'

용찬은 헨드릭의 기억을 더듬으며 벽에 걸린 시계와 방 안 포탈을 번갈아 봤다.

'헨드릭은 항상 포탈을 통해 도시를 오가며 망나니짓을 했으니 갑자기 사라진다 해도 별 의심은 받지 않을 거야. 그러면 이번 기회에 미선과 마계의 시간 흐름도 확인해 본다.'

날짜와 시간을 확인함과 동시에 환한 빛과 함께 바람이 휘몰아친다.

[배움의 방으로 이동됩니다.]

용찬은 익숙한 느낌을 받으며 그대로 다른 공간으로 이동됐다.

◀ **3장** ▶

레드 시티

대학 졸업을 앞두고 이력서를 흩날리던 그때가 떠오른다.

극심한 취업난 속에서 이동된 이차원은 혼란 그 자체였다.

'……배움의 방도 두 번째로 오게 되는 건가.'

익숙한 백색 공간이 펼쳐진다. 기본적인 플레이어 능력을 부여받는 배움의 방이다. 1회 차 당시에도 이곳에서 플레이어 기능과 하멜에 대한 설명을 들었었다.

-배움의 방에 오신 것을 환영합니다. 대한민국 출신 고용찬. 당신은 3차 플레이어로 소환되었습니다. 지금부터 하멜에 대한 설명을 시작하도록 하겠습니다.

예상대로 설명이 시작됐다. 하나 용찬은 목소리를 무시하고 플레이어 정보 창부터 살폈다.

[플레이어 명:고용찬]

[등급:F]

[종족:마족]

[직업:무]

[특성:1]

[스킬:무]

[칭호:바쿤의 마왕]

[권능:봉인 상태]

[힘:2][내구:2][민첩:3][체력:2]

[마력:4][신성력:0][행운:3][친화력:2]

절로 인상이 구겨진다. 마족의 신체라는 것을 고려해 봤을 때 이런 능력치는 말이 안 됐다.

'최하위 마왕이라는 것은 알고 있었지만 이리도 심각할 줄이야. 어떻게 플레이어보다 능력치가 낮을 수 있는 거지?'

이 정도면 1회 차 때보다 낮은 수준이다. 새로운 신체도 적응하기 힘든 가운데 능력치조차 시작부터 최악이었다.

[영혼 결속(마족 전용)]

[등급:S(육체와 영혼의 괴리로 인해 페널티가 적용되어 F- 상태입니다.)]

[효과:정신의 성장에 따라 육체적 능력이 강화됩니다.]

심지어 마족 고유 특성마저도 엉망이다. 단순히 플레이어 인식만 완료됐다 보니 영혼이 육체에 적응하지 못했다.

[바쿤의 마왕]
[등급:F]
[효과:충성을 맹세한 병사들을 대상으로 절대적인 지휘권을 가진다(바쿤 소속만 해당, 고용 기간 적용 불가).]

칭호 또한 마왕성에 관련된 효과였다. 새로운 기회를 얻긴 했지만 망나니 마족의 몸은 여러모로 페널티가 많았다.

—……이로써 설명을 마칩니다.

마침 목소리가 멎어들었다. 용찬은 눈앞에 나타난 테이블을 주시했다.

—기본적인 직업, 특성, 스킬, 장비 부여 차례입니다. 카드를 셔플합니다.

테이블 위로 카드 뭉치가 섞인다. 초보자 플레이어에게 가장 중요한 능력 부여 시간이다.

—첫 번째로 직업을 선택합니다. 테이블 위의 뒤집힌 카드 중 한 장을 선택해 주시기 바랍니다.

다섯 장의 카드가 뒤집혔다.

플레이어가 선택할 수 있는 카드는 오직 한 장, 여기서 얻게 되는 직업이 평생을 좌우한다.

"이 카드를 선택한다."

-좌측에서 두 번째 카드를 선택했습니다. 오픈합니다.

손으로 가리킨 카드가 펼쳐진다. 건틀릿 표식이 그려진 근접형 직업의 카드다.

[직업 무투가로 전직했습니다.]

[나머지 카드가 모두 오픈됩니다.]

무려 10년간 무투가로 활동했다. 마왕의 몸인 만큼 다른 직업도 고려해 봐야겠지만 그 경험만큼은 놓칠 수 없었다.

'하멜에서 힘은 곧 권력. 난 이미 한 차례 모든 것을 힘으로 짓누르고 정상에 올라선 적이 있다. 2회 차라고 해서 다를 것은 없어.'

플레이어 능력과 동시에 마왕성을 얻은 상태다. 이 두 가지 무기를 적절히 사용하려면 일단 본인의 힘이 먼저였다.

용찬은 나머지 오픈된 카드를 내려다보며 확신을 굳혔다.

-모든 카드 부여가 끝났습니다.

빨간 천이 얹어진 테이블이 사라진다. 직업에 이어 특성, 스킬, 장비까지 모두 획득했으니 다음으로 넘어가야 했다.

'기억이 온전하지 않아 헷갈리긴 했지만 그래도 챙길 것은 다 챙겼어.'

이미 한 번 겪었던 일이다. 이전 선택했던 카드 외에 나머지 카드들의 정보쯤은 미리 알고 있었다. 그때 얻지 못해 후회했던 카드도 확실히 챙긴 상황. 가장 기본적인 준비는 모두 끝났다고 봐도 무관했다.

-마지막으로 마왕성 플레이어 고용찬 님에게 특전 보상이 주어집니다.

"특전 보상?"

-마왕성 시스템이 추가적으로 부여됐습니다. 마왕성으로 복귀할 시 자동적으로 시스템이 활성화됩니다.

드디어 마왕성 플레이어의 진정한 의미가 드러났다.

'마왕성 시스템이면 마왕성 운영에 관한 건가. 우선 돌아가서 확인해 봐야겠어.'

배움의 방의 순서는 아직 끝나지 않았다. 플레이어에게 있어 가장 첫 번째 무대가 될 미션이 남아 있는 상태였다.

-튜토리얼 미션 준비가 완료됐습니다. 미션 게이트가 오픈

됩니다.

미션. 게임 시스템이 도입된 하멜의 성장 요소 중 하나다.

사냥, 퀘스트, 미궁, 던전, 유적지, 마왕성 등과 달리 대륙을 벗어나 다른 공간에서 진행하게 되고 플레이어의 성과도에 따라 보상을 지급받게 된다.

'내가 했던 튜토리얼 미션은 레드 시티. 일단 히든 피스의 여부부터 확인한다.'

태현과는 5년 차까지 접점이 없었다. 마왕의 몸을 가지게 되면서 진영도 배정받지 못했으니 조우 가능성은 없다고 봐야 했다.

용찬은 1회 차 때를 회상하며 그대로 게이트에 진입했다.

레드 시티. 핵전쟁 이후 버려진 도시를 배경으로 만들어진 공간이다. 황폐해진 도시는 미션 내내 무법지나 다름없었고 몬스터까지 출몰하여 플레이어에게 두려움을 안겨주었다.

1회 차 당시에도 용찬은 이런 필드에서 3일 동안 생존한 경험이 있다. 그때는 죽음에 대한 공포로 인해 사람들 속에 끼어 도망쳐 다니기 급급했었다.

'그러고 보니 녀석도 있겠군.'

유석우. 마왕이든 플레이어든 진영에 상관없이 눈에 보이면 공격부터 하고 보는, 머더러라 불린 미친 집단의 대장격 인물이다. 그의 튜토리얼 미션 장소도 레드 시티였다.

'오히려 잘 되었어. 살려둬서 좋을 게 없는 놈이었으니 이곳에서 정리한다.'

[레드 시티로 입장했습니다.]

[미션 목표:레드 시티에서 생존하라.]

[미션 내용:당신은 첫 번째 튜토리얼 미션에 참가했다. 버려진 도시라고 불리는 레드 시티. 당신은 이곳에서 3일 동안 생존해야 한다.]

불친절한 메시지와 함께 사람들이 소환된다. 다들 3차 플레이어로 선택받은 자들이다.

"젠장, 이번에는 또 어디야!"

"으흐흑. 이제 그만 집으로 돌아가고 싶어."

"……."

남녀노소를 불문하고 백여 명가량의 사람이 모였다. 공포, 두려움, 혼란 등 팽배해진 감정이 몰아치는 가운데 몇 명만이 침착함을 유지하고 있었다.

'정확히는 그 녀석들도 침착한 척하는 거겠지. 실제로 여기서 살아남은 플레이어는 단 네 명. 그리고 그중에는……'

무리에서 벗어난 한 청년이 보인다. 파편에 걸터앉은 그는 하나둘씩 차례대로 사람들을 살폈다.

'역시 있군. 유석우.'

용찬은 무리 뒤에서 다른 사람들의 시선을 피해 몰래 자리를 빠져나가며 자신의 몸을 내려다봤다.

'지금 나는 기억만 남아 있는 초보자 플레이어. 이런 약해빠진 몸으로 플레이어는커녕 몬스터도 상대가 불가능해.'

지금은 다른 자들과 동일한 초보자 복장으로 인해 눈에 띄지는 않았다.

하지만 무리가 지어지고, 서로에 대해 인식하게 되면 혼자 다니는 용찬은 자연스레 눈에 띄게 될 수밖에 없다. 결국 가장 먼저 해야 할 일은 거점을 찾는 것이다. 도시 내 플레이어들과 몬스터들의 움직임을 확인하려면 높은 건물로 올라가야 했다.

용찬은 이전 기억들을 되살려 반쯤 무너져 내린 빌딩을 찾아냈다.

'이곳은 유일하게 몬스터들의 습격이 없던 곳이었지. 일단 이 빌딩을 거점으로 삼고 준비를 한다.'

인벤토리에서 철검이 튀어나왔다. 비록 직업에 맞는 건틀릿은 아니었지만 이 정도면 어느 정도 무난했다.

용찬은 5층 부근으로 자리를 잡고 바깥으로 소환된 사람들을 내려다봤다. 슬슬 그들도 위기의식을 느낀 것인지 큰 무리에서 작은 무리로 갈라지기 시작했다.

일부는 직접 리더 행세를 하고 있었으니 이런 현상은 당연했다. 한 무리의 선두에는 사람 좋은 미소를 짓고 있는 유석우도 있었다.

아직까지는 1회 차 때와 동일한 전개. 저들 중에서 용찬이 없단 것을 제외한다면 모든 것이 예상대로였다.

'레드 시티 미션의 목표는 3일간 생존. 하지만 그것은 평범한 목표에 불과해. 튜토리얼 미션부터 제대로 된 보상을 챙기려면 숨겨진 목표를 노려야 한다.'

싸늘한 눈빛이 플레이어들을 향한다. 거점까지 확보한 맹수에게 있어 이런 곳은 사냥터나 다름없었다.

용찬은 우선적으로 허약한 신체 능력을 보완하기 위해 히든 피스를 찾아 나섰다.

"꺄아아악!"

고요한 도시 속 비명 소리가 울려 퍼진다. 예상대로 첫 번째 희생자가 나타난 모양이다.

쓰레기통을 뒤지고 있던 용찬은 타이머를 확인했다.

슬슬 몬스터들이 출몰할 시간이다. 현대 시간이 적용됐다는 것을 고려해 봤을 때 날이 저물기 전에 미리 거점으로 돌아가는 것이 좋았다.

'시간이 촉박한 것은 아니지만 일단 서둘러야겠어.'

사냥을 시작하기 전 준비는 완벽히 해놔야 했다. 용찬은 뒤늦게 손에 잡힌 돌을 들어 올려 확인했다.

[힘의 돌]
[등급:무]
[효과:사용할 시 플레이어의 힘 능력치를 영구적으로 1 상승시켜 준다.]

엄지만 한 크기의 붉은 돌. 레벨 개념이 없는 하멜에서 유일하게 능력치를 상승시킬 수 있는 일회용 아이템이다.

'녹색 쓰레기통에서 파란 쓰레기 통으로 위치가 바뀌긴 했지만 그래도 1회 차랑 크게 다르진 않아. 이런 식이라면 이곳의 히든 피스들은 모두 내가 차지할 수 있다.'

힘의 돌의 기운이 온몸으로 스며든다.

[힘 능력치가 1 상승했습니다.]

[힘의 돌이 사라졌습니다.]

평균 수치보다 낮은 능력치를 알면서도 무투가를 선택한 이유. 그것은 바로 이런 히든 피스 때문이었다.

'만약 리셋 전과 달라졌다면 그 방법을 쓰려고 했지만 다행히 무리는 안 해도 되겠어.'

숨겨진 아이템의 위치는 대부분 기억한다. 두 번째로 중요한 식량까지 확보하려면 바로 다음 목적지로 이동해야 했다.

"거, 거기 뭐 하는 거야!"

당황한 기색이 역력한 목소리가 들려온다.

고개를 돌려보니 한 사내가 몽둥이를 쥔 채 골목길로 들어와 있었다.

'정찰이라도 하고 있었던 건가. 발견 당한 것은 나인데 오히려 본인이 쫄아 있는 꼴이라니.'

미션이 시작된 지 세 시간이 지났다. 지금이라면 다른 플레이어들도 충분히 거점을 확보하고 움직일 시간이었다.

"……혹시 먹을 것이 있나 하고 쓰레기통을 뒤지고 있었을 뿐입니다."

"뭐, 뭐야. 괜히 식겁했잖아."

무슨 상상을 한 것인지 뒤늦게 안도의 한숨이 나왔다.

사내는 손을 번쩍 든 용찬을 보며 피식 웃었다.

"가만히 보니까 너도 무리에서 쫓겨난 모양이구만. 정 갈 곳이 없으면 날 따라오라고. 나도 다른 무리에서 추방당했다가 지금 있는 무리로 합류했으니까. 말만 잘 들으면 다른 무리보다 좋은 대우를 해주더라니까. 어때?"

"으음, 그러죠."

"좋아. 내가 안내해 줄 테니 따라와."

가벼운 손짓과 함께 사내가 등을 돌린다. 적이 될지도 모르는 상대를 앞에 두고 너무도 경솔한 행동이다.

'병신 같은 놈. 왜 기억이 안 나는가 했더니 저런 식으로 행동하다 일찍 뒈진 모양이군.'

용찬은 조용히 철검을 꺼내 들고 골목을 빠져나가는 놈의 목 부근을 노려봤다.

쿠어어어어!

레드 시티의 첫 번째 밤이 찾아왔다. 과거 용찬은 무리에 섞여 몬스터들에게서 도망을 다녀야 했다. 하나 지금은 편안히 빌딩에 숨어 바깥을 살피고 있었다.

'역시 고층 건물에 자리를 잡지 않은 무리는 저렇게 돼.'

몬스터들과 인간들의 숨 막히는 추격전이 벌어진다. 아직까지 제대로 플레이어 능력에 적응하지 못한 그들은 맞서 싸울 생각 없이 그저 도망치기 급급했다.

용찬은 조금 더 지켜보다 이내 가져온 아이템들을 살폈다.

[치유의 반지]
[성냥(미션 전용)]
[속삭임의 귀걸이]
[민첩의 돌]

우선 치유의 반지는 자연 회복력을 늘려주는 장비다.

미션 내에서만 사용 가능한 성냥과 달리 바깥으로 가져가는 것도 가능했다. 그리고 속삭임의 귀걸이 같은 경우 효과는 적혀 있지 않았지만 일정 범위 내로 들어온 대상의 소리를 자세히 들을 수 있었다.

[민첩 능력치가 1 상승했습니다.]
[민첩의 돌이 사라졌습니다.]

푸른 돌이 가루가 되어 휘날린다. 미션 1일 차 치곤 꽤나 시작이 좋다. 이대로 식량만 충분히 얻을 수 있다면 문제 될 것은 없었다.

'역시 식량이 문제인 건가.'

레드 시티 내에서 식량을 구하는 방법은 세 가지다.

첫 번째는 도시 내 숨겨진 식량을 찾는 방법.

두 번째는 몬스터를 처치해 식량을 얻는 방법.

그리고 마지막 세 번째는 바로 플레이어를 처치해 식량을 얻는 방법이었다.

'내일부턴 본격적으로 몬스터와 플레이어들을 사냥해야겠어. 아직 히든 피스들이 남아 있긴 하지만 중간중간마다 회수한다 치면 문제 될 것은 없겠지.'

입안에서 딱딱한 빵이 씹힌다. 도시 내에서 구할 수 있는 식량은 빵과 생수밖에 없었지만, 허기만 채우면 그만이었다.

용찬은 속삭임의 귀걸이를 착용하며 손목을 매만졌다.

'지금 가장 문제 되는 것이라면 바로 육체겠지. 방금 전에도 철검을 휘두를 때 실수할 뻔했으니까.'

능력치의 돌을 두 개나 흡수했지만 아직 부족했다. 게다가 본래 신체가 아닌 헨드릭의 몸으로 움직이다 보니 적응되지 않는 것도 문제였다.

'육체와 정신이 맞지 않는 현상도 문제인데…… 영혼 결속이란 마족 고유 특성도 가지고 있으니 우선 능력치를 올리는 것에 집중한다.'

서서히 잠이 몰려온다. 다음 날 활동을 위해선 수면도 충분히 신경 써야 했다. 용찬은 근처 기둥에 등을 기댄 채 그대로 잠에 빠져들었다.

막사가 활활 타오른다. 메마른 대지 위에 세워졌던 전초기지는 순식간에 불타며 재로 변해갔다.

뒤늦게 플레이어들이 화공을 알아채고 대응에 나섰지만 이미 부상자는 수백 명이 넘어갔다.

"빌어먹을. 다들 일어나. 프로이스 가문이 움직였어. 지금 그놈들이 야습을 시도하고 있다고!"

"남김없이 불태워 버려라!"

"저놈들을 막아. 마법사들은 뭐 하고 있어. 얼른 방어막 스킬을 시전하라고!"

사방으로 화염구가 날아온다. 지휘를 맡은 자들은 재빨리 대열을 갖추며 반격에 나서기 시작했다.

순식간에 전쟁터가 된 전초기지. 리미트리스 진영의 대표였던 용찬은 동료들과 함께 적 수장을 노렸다.

"저 자식이야. 프로이스 가문의 가주. 홍염의 패자라고 불리는…… 아아아악!"

"천박한 년이 감히 어디서 입을 놀리는 게냐. 내 직접 너희들에게 수준 차이란 것을 알려주도록 하마."

"젠장, 채은아!"

그날, 프로이스 가문과의 싸움은 동이 틀 때까지 이어졌다. 용찬과 동료들은 전대 마왕 중에서도 최강으로 군림하던 펠드릭 프로이스를 상대로 고전했지만 끝끝내 승리를 쟁취하며 야습을 막아내는 데 성공했다.

그리고 그 과정에서 가장 큰 공헌을 한 것은 단연 태현이었다. 암살자 직업임에도 불구하고 동료를 위해 몸을 날리며 싸운 그는 플레이어들에게 있어 귀감이 되기 충분했다. 용찬 또한 태현을 가장 믿음직한 동료라고 생각했다.

"용찬, 언제까지 주저앉아 있을 거야. 싸움은 이미 끝났다고. 자, 얼른 일어나."

피식 웃음이 나온다. 매번 이렇게 도움을 받다 보니 이제는 익숙하기까지 했다. 용찬은 고개를 끄덕이며 손을 맞잡았다. 그 순간, 전신으로 전류가 피어올랐다.

"안타깝지만 이게 엔딩이야."

순식간에 배경이 뒤바뀐다. 어느덧 두 명은 마왕성 내부에서 서로를 쳐다보고 있었다.

지이이이잉.

다시금 열리는 게이트. 대거를 손에 쥔 태현은 모든 동료의 시선을 받으며 뒤돌아섰다.

"……왜."

그가 걸어간다. 모든 동료가 믿고 따르던, 누구보다 가장 등을 맡길 수 있었던 그가 멀어져 가고 있었다.

"왜에에에에에에!"

굳게 닫히는 게이트. 주위에 있던 동료들은 순식간에 가루가 되어 휘날렸다. 홀로 남겨진 용찬은 망연자실한 표정으로 게이트를 바라봤다.

태현이 직접 자신을 죽이려 들지 않았던 이유, 일부러 카스트랄 대거를 사용한 이유까지.

뒤늦게나마 깨달을 수 있었다.

용찬은 흐릿해져 가는 의식 속에서 고개를 떨구었다.

그리고…….

🐏

덜커덩!

미세한 소음에 감긴 눈이 떠진다. 검게 물든 하늘로 보아 아직 날은 밝지 않은 모양이다.

악몽에서 깨어난 용찬은 계단을 내려다봤다.

"정말 여기 있는 것 맞아?"

"내가 봤다니까 그러네. 비쩍 마른 놈이 무언가를 잔뜩 챙겨 이곳으로 들어갔다니까."

침입자 두 명의 목소리가 들려온다. 속삭임의 귀걸이 효과 덕분에 빌딩 내 존재가 빠르게 파악됐다. 얼추 예상해 볼 때 위치는 2층 복도. 침입한 목적은 식량 문제로 보였다.

[탐색이 발동됩니다.]
[무너진 빌딩 2층 범위까지 탐색 효과가 활성화됩니다.]

스킬 종류는 두 가지로 나누어진다.

첫 번째는 직업 고유 스킬, 두 번째는 공용 스킬이다.

장비와 특성 또한 이런 종류로 구분되며 지금 자신이 발동시킨 탐색 스킬은 후자에 속했다.

'탐색 스킬은 D급. 아슬아슬하긴 하지만 범위는 2층까지 잡힌다. 예상 못 한 것은 아니지만 조심할 필요가 있겠어.'

배움의 방에서 부여받은 스킬은 탐색뿐이다.

회귀 이전 부족한 점을 채우기 위해 선택한 공용 스킬이었지만 전투에는 크게 도움이 되지 못했다.

믿을 만한 것은 직업 전용 특성.

용찬은 표시된 두 명을 확인하며 계단을 내려갔다.

[생존 플레이어:48]

하루 만에 숫자가 절반으로 줄어들었다. 때아닌 몬스터들의 습격으로 인해 벌어진 상황이다.

물론 배움의 방에서 부여받은 능력이 뛰어나 생존한 플레이어도 있긴 했지만 대부분은 죽거나 큰 부상을 입었다.

'그때 그놈을 따라가길 잘했지. 나이도 어린놈이 명령질하는 건 마음에 안 들지만 그래도 살았다는 게 어디야.'

동식은 지금의 무리가 마음에 들었다. 비록 시건방진 청년에게 빌빌거리고 있었지만 말만 잘 들으면 식량을 지급 받을 수 있었다.

지금도 명령을 받아 빌딩으로 찾아온 상태다.

"근데 왜 하필 이런 밤에 가라고 한 거야. 어두워서 보이지도 않구만."

"그것도 모르냐. 어두울 때가 가장 기습하기 좋은 시간이야. 지금쯤 그 애송이도 세상모르고 잠에 빠져 있을걸? 근처에 몬스터도 없으니 후딱 협박해서 식량을 얻어 가자고."

"그중 몇 개는 빼돌리고 말이지?"

"당연하지."

동료인 현준과는 의외로 죽이 잘 맞았다. 두 명은 3층 복도를 살피면서 조심히 발걸음을 옮겼다.

툭!

고요함이 깨진다. 소리의 근원지는 좌측 방이다. 동식은 잔뜩 긴장한 표정으로 단검을 움켜쥐었다.

"무, 무슨 소리야?"

"쉿. 조용히 해. 안에 놈이 있는 것 같아. 내가 앞장설 테니 뒤에서 지원해 줘."

"그, 그래."

상대적으로 2 대 1인 상황이다. 현준은 시위에 화살을 걸어 놓고 천천히 뒤를 따라갔다.

그리고 동식이 방 안으로 고개를 내미는 순간, 복부로 철검이 파고들었다.

"끄아아악!"

"무슨 일…… 이런, 젠장!"

"……."

어둠 속에서 사냥꾼이 모습을 드러낸다.

철검을 손에 쥔 그는 더욱 손잡이에 힘을 주어 먹잇감의 목숨을 끊었다.

털썩.

부르르 몸을 떨던 현준이 쓰러진다. 동식은 이를 갈며 막무가내로 단검을 휘둘렀다.

"빌어먹을, 빌어먹을, 빌어먹을!"

"……."

"죽어, 죽으라고!"

서로의 거리가 줄어든다. 동식은 가벼운 단검의 장점을 이용하며 끈질기게 달라붙었다.

그러다 상대가 반격에 나서려는 순간 스킬을 발동시켰다.

[순간 찌르기가 발동됩니다.]

[두 배의 속도로 적의 신형을 찌릅니다.]

어깨로 파고드는 단검.

"크읍!"

드디어 사냥꾼의 인상이 구겨졌다.

"하핫. 이건 몰랐지?"

"……칫."

"어딜 도망치려고. 절대 안 놓친다. 개자식아!"

입장이 뒤바뀌었다. 동식은 복도를 벗어나려 하는 그를 쫓아 넓은 공간으로 빠져나왔다.

"이 쥐새끼가 어디로 숨어들었을까. 자, 얼른 나오라고. 잘하면 내가 살려줄 수도 있는 거잖아. 안 그래?"

위층으로 통하는 계단은 반대편에 있다. 이런 막다른 공간 속으로 도망쳐 봤자 독 안에 든 쥐라는 것은 다르지 않았다.

동식은 입가를 쭈욱 찢으며 좌우를 살폈다.

그리고 어둠 속에서 인영이 나타나는 순간 두 시선이 마주쳤다.

[위험 감지(도적 전용)가 발동됩니다.]

[전투 돌입(무투가 전용)이 발동됩니다.]

살기를 품은 적이 대상을 노릴 시 발동되는 위험 감지. 미리 기습을 파악한 동식은 빠르게 바닥을 굴렀다.

슈웅.

허공을 가르는 철검. 사냥꾼은 꽤 무리한 것인지 금방 균형 이 무너졌다.

동식은 그 기회를 놓칠세라 바닥을 짚고 재차 달려들었다.

"뒈져. 이 새끼야!"

"병신 같은 놈."

"뭣?"

손에 쥔 철검이 떨어진다. 표정으로 보아 실수는 아니다. 한 데도 이유를 알 수 없었다.

덥석.

단숨에 붙잡히는 소매. 중심을 잃고 이끌려 가는 신형.

그리고 악귀 같은 얼굴로 주먹을 내지르는 사냥꾼까지.

"이……!"

퍼억!

"하아, 하아."

거친 숨이 내뱉어진다. 온몸은 이미 땀으로 흥건하다.

바닥에 깔려 있던 침입자는 광대뼈가 크게 함몰된 채로 이미 숨이 끊어진 상태였다.

마운트 자세로 올라타 있던 용찬은 천천히 자리에서 일어났다.

'역시 지금은 전투 돌입의 효과를 받아도 몸에 무리가 가는군.'

직업 전용 특성 중 유일하게 능력치를 올려주는 전투 돌입이다. 일시적으로 육체적인 능력치가 1씩 상승한다지만 그래 봐야 평균적인 초보자 수준이었다.

용찬은 휘어진 손목을 움켜쥔 채 시체를 내려다봤다.

'어제 그놈도 그렇고. 이놈들도 모두 유석우 무리에 속해 있던 플레이어였었지. 아마.'

다른 무리와 달리 지하로 숨어든 그들이다.

1회 차 당시에도 석우는 은폐된 지하를 이용해 생존을 노렸지만 끝내 몬스터의 침입을 막지 못해 결국 다른 플레이어들을 희생시킨 적이 있었다.

'지하철역이었던가. 거기라면 확실히 식량은 충분하지. 일단
세 놈이나 처리해놓았으니 그놈도 더 이상 건들려 하지 않을
거야. 게다가 어차피 무리를 버리고 홀로 살아남을 놈이니 지
금은 우선 내 일에 집중한다.'

바닥에 빵과 생수통이 보인다. 용찬은 치유의 링을 통해 몸
을 회복하며 식량들을 수거했다.

그리고 시체들을 바깥으로 던져 뒤처리를 끝냈다.

[오전 07:34]

레드 시티의 두 번째 날이 찾아왔다.

맨홀 근처에서 보초를 서고 있던 두 명은 길게 하품을 하며 안
으로 돌아갔다. 원래라면 바로 교대를 하기 위해 자고 있는 플레
이어를 깨워야 했지만 두 명은 즉시 다른 플레이어를 찾아갔다.

"두 명은 어떻게 됐습니까?"

"아, 저기, 그게. 아직 돌아오지 않고 있습니다."

"……알겠습니다. 교대하러 가보시죠."

가벼운 손짓이 이어진다. 더 이상 필요 없다는 의미다.

보고를 하던 두 명은 의자에 앉은 청년을 바라보다 이내 돌아갔다.

홀로 남은 청년, 아니, 석우는 잠시 고민했다.

'듣기론 혼자 빌딩을 차지하고 있다고 했는데 그 두 명을 처리했다?'

상당히 능력이 뛰어나다는 증거다.

무리에 속한 플레이어들을 더 보내 처리할 수도 있긴 했지만 무의미한 희생에 불과했다. 아직 식량은 여유로운 상황. 다른 무리와 동시에 몬스터들을 견제하려면 지금 인원은 필수였다.

[생존 플레이어:46]

이제 미션 2일 차다. 도시 곳곳에서 몬스터들까지 출몰하는 가운데 단 한 명에게 집중할 여유는 없었다.

'우선 몬스터들의 활동 시간을 계산해 도시 내 남은 식량들부터 회수해야겠어. 그래도 정 식량이 부족해지면 몇 놈을 죽여서 인원을 맞추면 되겠지.'

인간은 적응하는 동물이다. 갑작스레 낯선 곳으로 이동됐지만 생존하는 것이 가장 중요했다. 법과 질서가 존재하지 않는 곳이라면 그에 맞춰 움직이면 된다.

석우는 이런 약육강식의 세계를 달갑게 받아들였다.

'썩어 빠진 현대보단 이곳이 더욱 재미있을 거야.'

약자는 강자를 따르고 강자는 모든 것을 거머쥔다. 하멜은 줄곧 바라왔던 세계나 다름없었다.

석우는 흡족해하며 곯아떨어진 플레이어들을 깨우기 시작했다.

"쿠에에엑!"

쫙 벌어진 입안으로 시궁창 썩은 내가 진동한다. 다 찢어진 넝마를 입은 시체가 광폭하게 철조망을 붙잡고 늘어졌다.

하멜에서 가장 최하위에 속한 몬스터 구울. 지성이 없어 사냥에는 별 무리가 없었지만 수가 워낙 많았다.

"시끄럽다."

철검이 녀석의 미간을 파고든다. 사납게 날뛰던 구울은 이내 추욱 늘어지며 잠잠해졌다.

그리고 식량과 함께 룰렛이 나타났다.

[일반 구울을 30마리 처치했습니다.]
['견습 구울 헌터' 업적을 달성했습니다.]
[업적 보상으로 룰렛이 회전합니다.]

업적 보상. 플레이어가 특정 조건을 완수했을 때 발동되는 시스템이다. 무작위로 설정되는 보상은 총 여덟 개. 회전하던 룰렛 휠이 마지막에 멈춰 선 부분이 바로 보상이었다.

[행운의 돌이 당첨됐습니다.]

인벤토리로 녹색 돌이 지급된다. 육체적인 능력치가 아니라는 것이 아쉬웠지만 그래도 능력치 영구 상승 아이템이다.

'우선 이 구역 구울은 대부분 처리한 건가.'

철조망 사이로 수북하게 쌓인 시체들이 보인다. 전부 철조망을 넘지 못하고 사냥당한 구울들이다.

용찬은 주위를 살핀 뒤 철조망을 넘어갔다. 그리고 바닥에 떨어진 식량들을 일일이 줍기 시작했다.

'이 정도면 식량은 넉넉하겠어. 그리고…… 음?'

문득 시체 위로 떨어진 책 한 권이 보인다. 겉면에 그려진 문양으로 보아 직업 전용 스킬북이다.

용찬은 다소 놀랍다는 표정으로 스킬북을 주웠다.

'드랍율이 거지같다는 튜토리얼 몬스터에게서 스킬북이라니. 그것도 직업 전용 스킬북이잖아?'

1회 차 당시에도 직업 전용 스킬은 상당히 희귀했다. 그런 아이템을 일찍이 튜토리얼 미션에서 얻었으니 꽤나 행운이 따른다고 봐야 했다.

[직업 전용 스킬북을 사용했습니다.]
[무작위로 '카운터' 스킬이 지급됩니다.]

상대의 공격을 받아치는 반격 스킬 카운터. 무투가 직업 스킬 중 하위에 속하지만 초반에는 나름 쓸 만했다.

'이러면 시작이 매우 좋은데 말이지. 대충 식량도 챙겼으니 슬슬 이동해 볼까.'

우선 남은 히든 피스부터 회수해야 했다. 용찬은 기억에 남아 있는 성당을 떠올리며 빠르게 이동했다.

치이익. 성냥이 밝은 빛을 내며 타들어 가자 어두컴컴했던 공간이 환히 밝혀졌다.

버려진 성당의 복도. 용찬은 주위를 잘 살피면서 틈이 벌어진 바닥을 발견했다.

'으음. 그게 언제였더라. 아, 맞아. 분명 튜토리얼 미션 때였을 거야. 레드 시티 내에서 식량을 찾고 있던 당시 우연히 성당을 발견했는데 말이지. 그 안을 뒤지다가 살짝 틈이 벌어진 바닥이 보이는 거야. 그래서 잘 살펴보니 반지 하나가 있더라고. 알고 보니 히든 피스였던 거지.'

회귀 이전 기억은 뼈가 되고 살이 된다. 동료들이 자랑하듯 늘어놓던 이야기들은 회귀를 한 지금, 만금을 주고도 살 수 없는 중요한 정보가 됐다.

[파괴의 반지를 획득했습니다.]

손에 잡힌 붉은 반지가 반짝인다. 공격 시 일정 확률로 잠시 힘 능력치를 1 올려주는 파괴의 반지다.

'다행히 이건 위치가 바뀌지 않았어.'

용찬은 반지에 묻은 흙을 털어내며 자리에서 일어났다. 그 순간, 바깥에서부터 목소리가 들려왔다.

"도시 내 식량은 이미 다른 데서 다 털어 간 거 같은데?"

"그래도 잘 찾아봐요. 남아 있는 게 있을 수도 있으니까."

"하아. 그러면 저기 성당부터 수색해 보자고."

발걸음 소리가 가까워진다. 용찬은 눈을 감고 발소리에 귀를 기울였다.

'둘…… 아니, 세 명인가.'

확인이 끝나자 재빨리 성당 십자가 뒤로 몸을 숨겼다.

'주변 몬스터들을 피해 식량을 찾아다니고 있는 것 같은데. 어쩌면 석우 쪽이 아닌 다른 무리일지도 몰라.'

귀에 익은 목소리가 계속 신경 쓰였다.

성당 문을 열고 안으로 들어선 세 명은 천천히 성당 내를 수색하기 시작했다.

"아무것도 없잖아. 거봐, 내가 뭐라 했어. 첫날에 어지간한 건물은 전부 다른 플레이어들이 뒤졌을 거라고 했잖아."

"그래도 남아 있는 식량이 있을지도 몰라. 잘 찾아봐."

"그래요. 힘내서 조금만 더 찾아봐요."

용찬은 슬쩍 고개를 내밀어 그들을 살폈다. 예상대로 다른 무리에 속한 플레이어들이다. 두 명은 건장한 체격의 사내. 그리고 조그마한 체구의 인영은 여성으로 추정됐다.

리더로 보이는 선두의 사내는 용찬도 알고 있는 남자였다.

'붉은 사자 길드 마스터 강혁.'

1회 차 당시 동료와 함께 살아남았던 플레이어다.

튜토리얼 미션 이후 쿤다 진영에서 길드를 창설한 그는 우월한 근력 수치로 소문이 자자했다.

지금도 꽤나 무거워 보이는 대검을 등에 차고 있는 상태.

여기서 용찬이 택할 수 있는 선택지는 단 두 가지였다.

'창문을 통해 도망치거나. 아니면 여기서 세 명을 동시에 상대한다.'

싸움을 선택하면 빌딩 때와는 달리 세 명을 동시에 상대해야 된다. 하나, 용찬은 상대할 자신이 있었다.

'우선 저놈부터.'

연신 툴툴거리던 사내가 모퉁이를 돈다. 허리에 차고 있는 단검으로 보아 도적 직업으로 예상됐다.

파괴의 반지를 끼운 용찬은 쏜살같이 달려들었다.

"뭐, 뭐야. 크악!"

"태혁아! 젠장!"

"꺄아아악!"

태혁이라 불린 사내가 고꾸라진다. 상체를 깊숙이 베인 그는 이미 전투 불능 상태다.

뒤늦게 강혁이 대검을 쥔 채 달려왔지만 소용없었다.

용찬은 아예 철검을 날리며 정면으로 파고들었다.

챙!

튕겨 나가는 철검, 그로 인해 약간의 틈이 생겼지만 부족했다.

강혁은 재빨리 자세를 고쳐 잡고 대검을 휘두르려 했다.

그 순간, 하단으로 강렬한 발길질이 작렬했다.

"으윽!"

타격은 그리 크지 않았지만 균형이 무너지는 것은 순식간이었다. 하나, 강혁은 인상을 구기면서도 팔꿈치를 통해 반격했다.

[카운터가 발동됩니다.]

[70%의 확률로 상대 공격에 반격합니다.]

[파괴의 반지의 효과가 발동됩니다.]

반격에 이은 연이은 반격. 팔꿈치를 막아낸 용찬은 재차 하단으로 발길질을 선사했다. 그리고 완벽히 무너진 몸의 중심을 따라 양손으로 머리를 움켜쥐었다.

"이, 이 자식……!"

파각!

저항하던 강혁의 안면으로 니킥이 작렬한다. 경쾌한 소리와 함께 그의 몸이 뒤로 넘어갔지만 아직 끝이 아니었다.

파각! 파각! 파각!

자비 없는 사냥꾼의 마무리가 이어졌다. 혼신의 힘으로 발버둥 치던 사냥감은 이내 추욱 늘어지며 그자리에서 쓰러졌다.

"하아, 하아."

순식간에 두 명이 정리됐다. 상대방이 특성과 스킬을 활용하기 전에 빠르게 제압했던 것이 바로 승리의 요인이었다.

"아아아아!"

홀로 남은 여성이 주저앉았다. 처음부터 끝까지 지켜만 보던 약자는 끝내 아무런 행동도 취하지 못했다.

용찬은 호흡을 진정시키며 땅에 떨어져 있는 철검을 회수했다. 그리고 안색이 새파랗게 질린 그녀에게로 천천히 다가갔다.

"사, 살려주세요."

"……."

"제발, 제발 살려주세요. 이렇게 부탁할게요!"

두 손을 싹싹 빌면서 하얗게 질린 얼굴로 목숨을 구걸한다. 얼마나 겁에 질린 것인지 코끝으로 묘한 냄새까지 났다.

단숨에 동료가 둘씩이나 살해당했으니 공포에 사로잡힐 수밖에 없을 터. 문득 회귀 이전 동료들이 떠올랐지만 금세 지워졌다.

'용찬, 언제까지 주저앉아 있을 거야. 싸움은 이미 끝났다고. 자, 얼른 일어나.'

불쾌한 낯짝이 떠오른다. 모든 동료들에게 믿음과 신뢰를 주던 그도 끝내 배신을 택했다.

"……이번에는 누구도 믿지 않아."

"아아아아악!"

그날, 버려진 성당은 시체 3구로 인해 몬스터들이 들끓었다.

[생존 플레이어:24]

2일 차가 되자 플레이어의 숫자가 또다시 줄어들었다. 주요 원인은 급격히 숫자를 불린 몬스터 때문이었지만 일부는 바로 용찬의 소행이었다.

"저기 있다. 얼른 뒤쫓아!"

"개 같은 자식. 저놈 때문에 벌써 세 명이나 죽었어!"

"골목길로 도망친다. 절대 놓치지 마!"

추격이 따라붙는다. 그들의 거점에서 암살을 시도한 결과 무리 전체가 쫓아오는 상황이었다.

용찬은 날아오는 화살들을 피해 골목길로 몸을 숨겼다.

그리고 가장 먼저 접근한 상대에게 철검을 휘둘렀다.

[임기응변(공용)이 발동됩니다.]

검날이 창대에 가로막힌다. 초보자들의 특성과 스킬도 무시할 수 없는 것인지 기습은 실패했다.

"이익. 저리 꺼져!"

"큭."

"빌어먹을 새끼. 그동안 잘도 도망쳤겠다. 어디 너도 한번 엿 돼봐라!"

뒤로 늘어선 동료를 믿고 이죽거린다. 정면으로 철조망도 보이고 있으니 자신만만한 것은 당연했다.

그는 창을 연달아 내지르며 용찬을 궁지로 몰았다.

[연창격이 발동됩니다.]

[카운터가 발동됩니다.]

상체를 노리고 쏘아지는 창날. 뒤로 물러나던 용찬은 눈을 빛내며 창대를 쳐올렸다. 그리고 그의 복부를 강하게 차버리며 뒤로 밀어냈다.

"젠장. 뭐 하는 거야. 얼른 처치하라고!"

"못 죽일 거면 비켜. 내가 직접 처리할 테니!"

"밀지 마. 밀지 말라고!"

좁아터진 골목길 내에서 서로를 밀치기 시작한다.

일렬로 늘어선 그들은 불만을 터트리며 선두의 플레이어를 지적했다.

창을 쥐고 있던 사내는 이를 갈며 재차 달려들려 했다.

그 순간, 멀리서 구울의 울음소리가 들려오기 시작했다.

"뭐, 뭐야. 방금 무슨 소리냐고!"

"크웨에에엑!"

"젠장, 구울이잖아! 비켜, 빨리 골목을 빠져나가라고!"

순식간에 혼란이 찾아왔다. 플레이어들은 제각기 자리를

벗어나려 애를 썼지만 구울들이 들이닥치며 그 시도는 무산됐다. 창을 쥐고 있던 사내는 잡아먹히는 동료를 보다 이내 고개를 돌렸다.

"젠장, 이렇게 되면 차라리 철조망을 넘어서!"

"어딜 가려고."

"비……?"

문득 용찬의 뒤로 시체가 눈에 들어온다. 방금 전까지 전투에 한눈이 팔려 보지 못했던 시신이다.

사내는 그제야 유인당했다는 것을 깨닫고 분노했다.

"으아아아아. 개자식, 네놈은 사람도 아니…… 아아아악!"

"크에에에엑!"

"사, 살려……."

드디어 선두에 있던 플레이어까지 당했다. 계획대로 추격자들이 모두 구울에게 당하자 용찬은 재빨리 철조망을 뛰어넘었다. 그리고 뒤도 돌아보지 않고 유유히 자리를 떠났다.

[오전 05:52]

세 번째 아침이 밝아온다. 이제 레드 시티도 마지막 날에 접어들었다. 현재 남아 있는 플레이어의 숫자는 총 17명. 2일 동안 바쁘게 돌아다닌 결과 최소의 인원만 남아 있는 상태였다.

'그것도 지하에 처박혀 있는 유석우의 무리밖에 없지. 일부 히든 피스는 끝내 회수하지 못했지만 이 정도면 충분해.'

회귀자라고 해서 모든 것을 기억하진 못한다. 일부는 위치까지 뒤바뀌었기에 발견 못 한 히든 피스가 있는 것은 당연했다.

용찬은 아직 회복이 덜 된 손목을 매만지며 맨홀 쪽을 내려다봤다.

'오늘 몬스터들이 지하를 습격한다. 회귀 이전과 같다면 유석우는 분명 동료들을 버리고 홀로 살아남을 거야.'

강혁과 동료는 미리 처치했다. 남은 것은 유석우뿐이다.

[힘 능력치가 1 상승했습니다.]
[힘의 돌이 사라졌습니다.]

레드 시티 내 능력치 스톤은 총 4개. 다른 무엇보다 능력치를 중요하게 여겼던 용찬은 능력치 스톤을 모두 회수하는 데 성공했다.

'유석우가 도망치는 그 순간, 미션을 끝낸다.'

이미 지하 내 구조는 완벽히 외워둔 상태다.

분명 몬스터들은 맨홀 쪽으로 들이닥치는 순간, 석우가 어떤 경로로 도망칠지는 안 봐도 뻔했다.

용찬은 때를 기다리며 천천히 눈을 감았다.

[생존 플레이어:17]

하루 만에 숫자가 꽉 줄어들었다. 맨홀 근처에서 감시를 서고 있던 플레이어들은 크게 걱정했다.

"혹시 우리들까지 노리는 건 아니겠지?"

"설마. 그래도 여기까진 혼자 못 쳐들어오겠지. 우린 여기만 잘 감시하면 된다고."

"그, 그렇겠지?"

"그렇다니까 그러네."

그간 플레이어들을 학살하고 다니던 한 청년으로 인해 그들은 두려움에 떨어야만 했다.

하나, 그것도 이젠 곧 끝이었다. 석우가 그와 대적하는 것을 포기하고 지하의 감시를 철저히 여긴 덕분에 무리는 아직까지 살아남아 있었다.

그리고 튜토리얼 미션도 이제 마지막 날에 접어든 상황. 보초를 서던 네 명은 지하를 돌아보며 안도했다.

덜컹!

갑자기 맨홀 뚜껑이 흔들려 온다.

"응? 방금 무슨 소리가 난 것 같은데."

"착각이겠지. 빵이나 꺼내 먹자고."

"아니, 착각이 아냐. 맨홀 뚜껑이 흔들거리고 있…… 헉!"

네 명의 안색이 동시에 새파래졌다. 맨홀 뚜껑을 부수고 얼굴을 들이민 구울들은 공포 그 자체였다.

"모, 몬스터들이 습격했다!"

"얼른 자던 놈들 깨워. 여기가 뚫리면 모두 끝장이야!"

"다들 도와줘! 구울들뿐만 아니라 펜릴까지 있어!"

사방으로 펜릴들이 급습한다. 날쌘 신체를 가진 변형 늑대들은 단숨에 플레이어들을 사냥했다.

플레이어들은 물밀듯이 밀려오는 몬스터들을 다급히 스킬과 특성을 이용해 막고 있었지만 금방이라도 뚫릴 분위기였다.

'몬스터들이 지하를 발견했다고? 도대체 이게 어떻게 된 일이지.'

뒤늦게 광경을 목격한 석우는 당황스러웠다.

이 정도 숫자라면 레드 시티 내 모든 몬스터가 쳐들어온 것이나 다름없었다.

'이러다간 금세 뚫리고 말겠어. 우선 나라도 도망쳐야 해!'

미리 도주로는 확보한 상태다. 다른 자들은 통로가 맨홀밖에 없다고 여기고 있었지만 통로는 하나가 더 존재했다. 석우는 재빨리 식량을 챙겨 숨겨진 철로로 도망쳤다.

'오늘만 버티면, 오늘만 버티면 미션 클리어야. 그동안 부려 먹던 플레이어들을 잃은 것이 좀 아쉽긴 하지만 살아만 남는다면 괜찮아. 상관없다고!'

이 세계라면 숨기고 있던 욕망을 모두 표출할 수 있었다.

그런 기회를 튜토리얼 미션부터 놓친다는 것은 결코 있을 수 없는 일이었다. 석우는 장대한 계획을 세우며 출구를 향했다. 그 순간, 예상 못 한 기습이 들이닥쳤다.

[생존 본능(공용)이 발동됩니다.]
[전투 돌입(무투가 전용)이 발동됩니다.]

가까스로 멈춰 서는 발걸음. 자칫 잘못했으면 그대로 검날에 목숨을 잃을 뻔했다.

석우는 눈앞에 나타난 플레이어를 보며 뒤로 물러났다.

'비쩍 마른 플레이어. 분명 그놈이다. 한데 어떻게 이 통로를 알아낸 거지.'

절로 식은땀이 흐른다. 지하에 있던 다른 플레이어들에게도 꽁꽁 숨기고 있던 또 다른 통로다. 그런 가운데 이 자리에 나타났다는 것은 그도 숨겨진 통로를 알고 있었다는 의미가 된다.

'무투가 전용 특성인가. 어떻게 이 길을 알고 있었는지는 몰라도 전투는 내가 이긴다.'

다른 자들과 달리 특별한 스킬을 거머쥔 상태다. 일대일 싸움에선 절대 질 리 없었다.

[은신이 발동됩니다.]

몸이 투명하게 물든다. 지속 시간은 다소 짧았지만 은신을 이용한다면 적을 일격에 끝내는 것도 가능했다.

석우는 조심히 발걸음을 옮기며 그에게 접근했다.

'그래, 모르겠지. 내가 어디 있는지 찾지도 못할 거야. 잘 찾아보라고. 물론 그전에 네놈 목이 날아가겠지만 말⋯⋯.'

시야가 점멸한다. 어떻게 된 것인지 눈앞으로 별이 반짝거렸다. 안면을 강타당한 석우는 몸을 채 가누지 못하고 흔들거렸다.

"크, 크윽. 도대체⋯⋯!"

"좀 더 맞아라."

"컥!"

순식간에 상황이 역전됐다. 은신을 꿰뚫고 먹잇감을 찾아낸 사냥꾼은 연달아 주먹세례를 날렸다.

비틀거리던 석우는 이를 악물며 단검을 휘둘렀다.

"우쭐대지 말란 말이야, 개자식아!"

"……."

"죽어, 죽어버려. 죽어 버리라고!"

위협적인 검날이 그를 향했다. 하나, 은신이 풀린 석우의 공격은 좀 채 먹혀들지 않았다.

흥분한 자만큼 상대하기 쉬운 적도 없는 노릇. 사냥꾼은 여유롭게 공격을 피해내며 틈을 노렸다.

단검이 일직선으로 파고드는 순간 스킬이 발동됐다.

[카운터가 발동됩니다.]

단숨에 붙잡히는 손목. 꽤나 힘이 들어갔던 오른손은 순식간에 끌려가며 실수를 불러일으켰다.

"그때 나를 고생시킨 만큼만 처맞아라."

"무슨 소…… 커억!"

"알 필요 없어."

분노 실린 주먹질이 이어진다. 점차 의식이 흐릿해져 가는 가운데 머릿속으로 한 가지 의문이 떠올랐다.

'도대체 왜?'

하나 석우는 끝내 그 이유를 알지 못한 채 숨이 끊기고 말았다.

◀ 4장 ▶
바쿤

털썩.

악명 높던 살인마가 쓰러진다. 1회차에서 모든 플레이어를 공포로 몰아넣었던 머더러는 대륙으로 이동도 하기 전에 허무한 죽음을 맞이했다.

'이것으로 기존 생존자들은 모두 제거했다. 1회 차 때와 달리 나 혼자 살아남았으니 자연스레 미래도 바뀌겠지.'

피로가 몰려온다. 3일 동안 무리한 결과 온몸의 뼈가 비명을 질렀다. 용찬은 주저앉은 채로 건너편을 바라봤다.

"크에에엑!"

뒤늦게 통로를 발견한 것인지 귀걸이를 통해 몬스터들의 울음소리가 들려온다.

하나, 용찬은 느긋이 바닥에 주저앉았다.

[레드 시티에서 홀로 생존했습니다.]
[숨겨진 목표를 달성했습니다.]
[튜토리얼 미션을 성공적으로 완수했습니다.]

레드 시티의 숨겨진 목표. 3일 동안 생존하는 기존 목표와 달리 두 번째 목표는 혼자 생존해야 조건이 완수됐다. 회귀 이전이라면 대부분 알고 있는 사실이지만 지금은 달랐다.

[보상의 방으로 이동됩니다.]

환한 빛이 온몸을 감싼다. 미션의 보상을 받을 차례다.
'놈도 회귀에 성공했다면 지금쯤 나처럼 보상의 방으로 이동하고 있을 테지.'

서로를 의식하고 음지에서 힘을 키운다. 다음번에 만났을 때 두 명은 각자 다른 입장에 서서 목숨을 노리게 될 터다.

용찬은 강렬한 분노를 잠재우며 환한 빛에 몸을 맡겼다.

미션은 항상 예측 불능이다. 목표, 필드, 몬스터, 히든 피스…… . 모두 무작위이며 숨겨진 목표도 매번 달라진다.

그럼에도 플레이어들은 미션을 원한다. 이유는 간단하다. 가장 성장하기 안성맞춤인 무대이기 때문이다.

[성과도:A]

[목표 달성량:S]

[클리어 등급:+A]

눈앞으로 보물 상자가 세 개 나타난다. 모두 튜토리얼 미션을 통해 얻어낸 보상이다.

'역시 성과도가 약간 모자라. 이런 몸만 아니었으면 진작 플레이어들을 전부 때려잡고 다녔을 텐데.'

클리어 등급이 S급에 달했다면 보물 상자는 네 개였을 터. 용찬은 아쉬움에 입맛을 다시며 하나씩 보상을 확인했다.

[학살자의 망토]

[노련한 사냥꾼의 장갑]

[질긴 가죽 갑옷]

세 가지 장비가 보인다. 학살자의 망토는 1회 차 당시에도 봤던 장비다.

'학살자의 망토가 회피율과 이동속도를 상승시켜 주던가.'

칙칙하기 그지없는 외형이지만 효과는 나름 쓸 만했다.

게다가 딱 필요했던 장갑과 갑옷까지 나왔다. 별다른 효과
는 없었지만 없는 것보단 나았다.

용찬은 모든 장비를 집어넣고 본래 복장으로 갈아입었다.

[숨겨진 목표를 완수했습니다.]

['나 홀로 생존자' 칭호를 획득했습니다.]

[공용 특성북을 획득했습니다.]

드디어 숨겨진 목표에 대한 보상이 지급됐다. 칭호는 별 쓸
모가 없지만 특성은 스킬보다 더욱 얻기 힘들다.

'이것 때문에 숨겨진 목표를 노린 거지. 튜토리얼 미션에서
특성을 하나 더 챙겨 간다는 것은 다른 놈들보다 한 발자국
더 앞서간다는 소리니까.'

용찬은 만족스러워하며 특성북을 펼쳤다.

[공용 특성북을 사용했습니다.]

[무작위로 '카리스마' 특성이 지급됩니다.]

등급은 D급. 기대와 달리 비전투 특성이 나왔지만 마왕성을 운영할 때 도움이 될지도 몰랐다.

[무소속 플레이어 고용찬에게 메인 목표가 부여됩니다.]
[1. 모든 진영을 함락시킨다.]
[2. 자신을 제외한 74좌 마왕을 모두 처치한다.]
[목표 달성 시 귀환할 수 있는 게이트가 생성됩니다.]

안색이 굳어진다. 과거와는 완전히 달랐다.

모든 진영을 함락시킨다.

'마왕성 플레이어이기 때문에?'

본 목적은 태현에 대한 복수다. 하나, 이렇게 되면 태현뿐만 아니라 이전 동료였던 이들까지 적대해야 한다.

물론 목표를 따르지 않아도 상관없었다. 하지만…….

'귀환에 대한 미련은 버린 지 오래지만 만약 놈이 회귀했다면 모든 진영을 이용할 거야. 자연스레 적이 되겠지.'

복수를 위해서라면, 결정해야 했다.

[700골드가 지급됩니다.]
[마왕성 바쿤으로 돌아갑니다.]

용찬은 옛 동료들에 대한 정을 모두 떨쳐내며 마왕성으로 복귀했다.

[마왕성으로 귀환했습니다.]
[피로가 회복됩니다.]
[신체가 회복됩니다.]

　플레이어에서 다시 마왕의 신분으로 돌아왔다. 헨드릭의 방 안은 이전과 달라진 것이 하나 없는 상태였다.

　'설마?'

　혹시나 했더니 방 안 시계의 시간이 그대로였다. 용찬은 누구 한 명 들어오지 않은 방을 살피며 당황해했다.

　'마계와 미션의 시간 흐름은 동일하지 않다 이건가. 만약 이게 사실이라면 나는 다른 플레이어들보다 더욱 빠르게 성장할 수 있어.'

　본래 미션과 대륙의 시간 흐름은 동일하다. 마계 역시 마찬가지라 생각해 도시로 간 척을 했건만, 괜한 짓을 한 셈이 됐다.

[마왕성:바쿤]

[등급:F]

[동맹:베텔(임시)]

[용병:루시엔(임시)]

[위치:절망의 대지 최남단]

[재정:750골드]

[수입원:지하 젬 광산(1)]

[병력:F]

[방어력:F]

마왕성의 수준이 드러난다. 가장 최하위 마왕답게 바쿤 또한 상태가 엉망진창이다. 게다가 재정마저 튜토리얼 미션을 통해 지급받은 골드가 대부분이었다.

'이런 놈이 어떻게 마지막까지 살아남을 수 있었던 거지?'

다른 강력한 마왕들을 제치고 끝까지 살아남았던 헨드릭이다. 용찬은 인상을 구기며 눈앞에 뜬 아이콘들을 확인했다.

[마왕성 상점][마왕성 관리][미션][악몽의 탑][사냥터][던전][미궁 공략][유적지 탐색][대륙 탐사]……

마왕성 기능과 동시에 플레이어 고유 기능들이 보인다.

이제부터 바쿤을 운영하며 이 기능들을 이용해야 했다.

'플레이어 기능과 마왕성 기능을 동시에 활용할 수 있다는 것은 내게 크나큰 메리트야. 우선 적당한 변명 거리부터 마련해 볼까.'

시선이 방 안 포탈로 향한다.

술주정뱅이로 소문난 헨드릭을 위해 설치해 둔 마계 도시의 이동 수단이다. 물론 지금은 골드 낭비로밖에 보이지 않았지만 새로 얻은 장비를 위해선 포탈을 변명 거리로 삼아야 했다. 용찬은 그레고리를 찾기 위해 방을 나서려 했다. 그 순간, 머릿속으로 사이렌 소리가 울려 퍼졌다.

[근처 던전의 몬스터들이 마왕성으로 침입했습니다.]
[바쿤 내 고블린 병사들이 방어를 시작합니다.]

네모난 화면이 나타난다. 유일하게 마왕성에 남아 있던 고블린 네 마리가 1층으로 향하는 것이 보였다.

'이런 시스템이었군. 어디 한번 볼까.'

정문으로 침입한 몬스터는 코볼트 세 마리. 창을 거머쥔 고블린들은 똘똘 뭉쳐 적들을 위협하기 시작했다.

'고블린들의 등급은 F급. 하지만 야생 코볼트들의 등급도 F급이야. 아주 약간이지만 장비 차이도 나니 간단히 막…….'

창을 내지르던 고블린들이 뒤로 물러난다. 시간을 벌겠다는 심산인지 버티기에 들어갔다. 그리고 한참을 위협만 하더니 이내 도망을 치기 시작했다.

'……'

낄낄거리며 계단을 오르는 코볼트들. 총 5층 구조로 이루어진 마왕성은 순식간에 2층까지 돌파당하고 말았다.

-또 여기까지 침입을 허용한 거냐고!

-케에엑!

-쓸모도 없는 고블린 자식들. 제대로 하는 게 없어!

결국 코볼트들을 처리한 것은 단 한 명의 다크 엘프였다.

용찬은 손으로 머리를 짚으며 감상평을 내렸다.

"……최악이군."

바쿤의 영광은 수백 년 동안 이어져왔다. 전대 프로이스의 가주들의 영향력은 어마어마했고 홍염의 패자인 펠드릭 또한 동일했다.

그야말로 난공불락의 마왕성. 하나, 지금은 옛 명예를 떠안고 가라앉은 마왕성에 불과했다.

[마왕성의 재정 상태가 최악입니다.]

[마왕성 방위 레벨이 최하 단계입니다.]

[마왕성 내부 수리가 시급합니다.]

[마왕성을 방어할 병력이 부족합니다.]

바쿤의 실태가 드러난다. 1년 동안 관리를 하지 않았던 마왕성은 심각한 문제들로 가득했다.

'자재 창고는 텅텅 비어 있는 데다가 식량고도 아슬아슬해. 게다가 저 고블린들도 바쿤 소속 병사는 아니야.'

서열 72위 마왕 픽스 파이멀린. 바쿤과 함께 최남단에 위치한 베텔의 주인이다. 기억 상으로 그는 거의 파산하기 일보 직전이던 헨드릭에게 동맹 제안을 건넸었다.

유홍에 미쳐 있던 망나니는 당연히 제안을 승낙했고 베텔은 고블린 네 마리와 함께 헤르덴 상단을 보낸 상태였다. 한때 난공불락이라 불렸던 마왕성이 남에게 의지하고 있는 꼴이다. 지금도 고블린들은 광산 입구에서 농땡이를 피우고 있었다.

'저놈들은 단순히 지하 잼 광산을 지키다 침입자가 오면 시간을 버는 역할.'

용찬은 지하 광산을 유심히 보다가 자리에서 일어났다.

[1. 서포터를 선택해 주십시오.]

마왕성을 운영하기 위한 첫 번째 수행 과제가 나타났다.

똑똑.

이 시간대라면 아마 그레고리일 것이다. 평생을 가문의 집사로 활동한 마족. 가장 서포터로 적격인 인물이긴 했지만 단숨에 결정할 문제는 아니었다.

'기억 상으로 그레고리는 어릴 적부터 헨드릭을 보필해 왔었지. 아직 가문으로 복귀하지 않은 것을 보면 충성심은 확실해. 하지만 그전에 우선 한 번 더 확인해 봐야겠어.'

계획을 세웠다면 이제 실행에 옮길 시간이다.

용찬은 문을 열고 들어온 그레고리를 보며 눈을 반짝였다.

"도련님, 식사 시간입⋯⋯."

"그레고리."

"예, 도련님. 부르셨습니까."

"내 질문에 대답해라. 날 믿을 수 있나?"

"⋯⋯그게 갑자기 무슨 말씀이십니까?"

"어떤 일이 생기든 날 믿을 수 있냐고 묻고 있는 거다."

고유 기억 속 충성심은 확실하다. 하나, 바쿤이 망한 지 1년이 다 되어가는 지금은 다를지도 몰랐다.

그레고리는 갑작스러운 질문에 당황해하다 용찬의 심상치 않은 분위기에 이내 음식을 내려놨다.

그리고 한쪽 무릎을 꿇으며 고개를 숙였다.

"다른 누가 도련님을 어떻게 생각하든 전 오직 도련님을 위해 존재하고 있습니다. 설사 바쿤이 무너진다 해도 전 끝까지 도련님의 편일 것입니다. 그러니 부디 제 충의에 대한 의심을 거둬주시기 바랍니다."

"……내가 너에게 목숨을 바치라 해도 말이냐?"

"물론입니다."

단 한 치의 망설임도 없이 접시에 있던 나이프를 집어 자신의 목에 갖다 댄다.

"이 보잘것없는 목숨이라도 도련님께서 원하신다면 당장 그리하겠습니다."

충성을 증명하기 위해 자결까지 각오한 태도다.

용찬은 만족스러워하며 그의 손에서 나이프를 빼앗아 바닥에 던졌다.

그리고 서포터를 그레고리로 선택했다.

"이제부터 넌 내 서포터가 된다. 어떤 변화가 일어나도 당황하지 말도록."

"예? 서포터가 무엇……."

멍하니 고개를 치켜들고 있던 그레고리의 동공이 풀린다.

평범한 마족이던 집사가 서포터로 탄생하는 순간이다.

[집사 그레고리]

[등급:F]

[직업:집사]

[상태:충성]

추욱 늘어졌던 어깨가 다시금 펴졌다. 서포터가 된 그레고리는 잠시 눈을 깜빡이더니 당황하며 재차 고개를 숙였다.

"마, 마왕성 플레이어 고용찬 님을 뵙습니다."

"한순간에 뒤바뀌는 건가. 시스템으로 인해 아예 마왕성 플레이어로 인식되나 보군. 그래도 덕분에 매번 변명 거리를 안 만들어도 되겠어. 우선 좀 어떻지, 그레고리? 지금도 나에게 충성을 바칠 생각이 있나?"

"……분명 현재 도련님의 몸을 차지하고 있는 건 고용찬 님이지만 제 충성심은 변함이 없습니다. 서포터로서 의무를 다 할 뿐. 눈앞에 주인님이 있다는 것은 다르지 않습니다."

"강제로 절대적인 충성심까지 심어주는군. 일단 내 정체에 대해 숨기고 원래 호칭으로 불러라, 그레고리."

"명을 따르겠습니다."

첫 번째 아군이 생겼다. 그것도 충성스러운 인물이다.

용찬은 빠르게 식사를 마치고 마왕성의 문제점들을 파악하기 시작했다.

'재정 관리를 헤르덴 부상단주란 놈이 맡고 있다 이건가.'

지하 젬 광산 관리와 함께 골드를 지원해 주고 있는 헤르덴 상단이다.

모든 문제점을 듣게 된 용찬은 깊은 의문을 느꼈다.

"지금 지하 젬 광산 내부에는 누가 있지?"

"헤르덴 상단에서 고용한 광부들이 젬을 캐고 있습니다."

"내부 확인은?"

"불가능합니다. 헤르덴 부상단주 몽블랑의 허가를 받지 않는 이상 입장할 수 없습니다."

마왕성의 주인조차도 누군가의 허락을 받아야 했다.

용찬의 입장에선 불쾌하기 짝에 없었지만 헨드릭이 벌여둔 일이다. 마왕의 몸을 차지한 이상 감수해야 했다.

"도련님께서 가장 먼저 하실 일은 병력 충원입니다. 바쿤은 병사들이 모두 도주해 마왕성을 보호할 인원이 없습니다. 임시 고용된 루시엔 님이 계시긴 하지만 그분도 불만이 가득한 상태입니다. 한시라도 빨리 병사들을 복구해야 합니다."

"방법은?"

"현재 바쿤의 재정은 바닥입니다. 이런 상황에서 추천드릴 방법은 바로 근처 던전을 공략하며 몬스터들을 끌어들이는 것입니다. 주변 던전 중에는 도주한 병사가 직접 맡고 있는 곳도 있다고 하니 노려볼 만하다고 생각됩니다."

지도 창이 오픈된다. 마왕성 바쿤을 중심으로 붉은 점들이 표시되기 시작했다. 모두 하나같이 주변에 위치한 던전들이다. 난이도는 제각기 달랐지만 F급도 있었다.

"던전을 공략할 병사는?"

"헤르덴 상단을 통해 병사를 빌릴 수 있을 것으로 추정됩니다. 우선 루시엔 님도 계시니 가장 먼저 그녀를 설득하십시오, 도련님."

"음."

유일하게 E급인 루시엔이다. 남은 재정으로 병사를 빌리고 그녀와 함께 던전으로 향한다면 충분히 가능성은 있었다.

[병사 소환권][용병 소환권][특성 부여권][스킬 부여권]

[장비 구매권][아이템 구매권][재능 부여권]

[함정 구매권][방어 수단 구매권]

[젬 보유량:1,891(몽블랑 소유 중)]

혹시나 해서 상점을 열어봤지만 골드가 아닌 젬 전용이다. 몽블랑이 젬을 관리하는 이상 다른 방법은 없었다.

"루시엔이라고 했던가. 일단 그 다크 엘프부터 만나봐야……."

"어이, 망나니. 안에 있어? 아니, 있겠지. 오늘이야말로 반드시 계약을 취소하겠어. 안에 있으면 당장 대답해!"

호랑이도 제 말 하면 온다더니 마침 목소리가 들려왔다.

그레고리는 한숨을 내쉬며 고개를 저었고 용찬은 조용히 자리에서 일어났다.

[다크 엘프 루시엔]

[등급:티]

[직업:검사]

[상태:불만]

모종의 사연을 품고 바쿤으로 온 루시엔이다. 힘을 기르기 위해 마왕의 병사가 되었지만 지금은 후회만 가득했다.

"하? 내가 왜 너 따위와 대련을 해야 하는 건데. 망나니였던 주제에 내 상대가 된다고 생각해?"

'일단 버릇이 없군.'

"얼른 계약이나 취소시켜. 더 이상 이 마왕성엔 미련 없으니까. 그리고 그 꼴은 또 뭐야. 네가 직접 침입자들을 처치라도 하게?"

'불만도 꽤나 쌓인 것 같고.'

지금 같은 상태에서 설득은 무리다. 망나니란 인식까지 박힌 이상 직접 몸으로 부딪혀야 했다.

용찬은 넓은 4층 내부를 둘러보며 조건을 제시했다.

"대련 시간은 5분. 넌 5분 안에 나를 쓰러트리기만 하면 돼. 만약 내가 전투 불능 상태에 처하면 바로 계약을 취소해 주마. 대신 내가 5분을 버티면 넌 내 조건을 세 가지 들어줘야 할 거다."

"지금 장……."

"그레고리."

관전하고 있던 그레고리가 회중시계를 꺼내 들었다.

"준비가 완료됐습니다, 도련님."

"좋아. 바로 시작하지. 설마 겁먹은 건 아니겠지, 루시엔?"

"……."

가벼운 도발이 이어진다. 짜증을 부리던 루시엔은 이내 두 자루의 검을 뽑아 들었다.

"좋아. 무슨 배짱인지는 몰라도 나중에 가서 말 바꾸지 마. 5분 안에 바닥을 기게 만들어줄 테니까 미리 계약서나 준비해 두라고."

"걱정 마라. 그럴 일은 절대 없을 테니까."

"이잇!"

"시작해, 그레고리."

회중시계의 초침이 돌아간다.

루시엔의 무기는 이도류.

신장도 제법 작아 날렵한 몸놀림이 예상됐다.

'이도류는 말이지. 순간적으로 강력한 위력을 발휘하지만 그 이후가 문제란 말이야. 워낙 폭이 넓게 벌어지다 보니 보완할 스킬이나 특성이 없으면 추가타를 날리기 힘들거든.'

이도류의 달인이라면 회귀 이전 질리도록 봤다. 그에게 대처법까지 전해 들었으니 등급 차이는 메꿀 수 있었다.

다만, 문제는 바로 스킬과 특성이다.

[신속화(공용)가 발동됩니다.]
[전투 돌입(무투가 전용)이 발동됩니다.]

시선이 좌우로 분산된다. 민첩성이 높은 다크 엘프답게 움직임이 매우 재빨랐다.

루시엔은 단숨에 우측으로 파고들며 하단을 노렸다.

"끝이야!"

붉게 물드는 검신. 아예 일격으로 끝낼 것인지 처음부터 스킬이 발동됐다.

하나, 용찬은 망토를 휘날리며 잽싸게 몸을 비틀었다.

[학살자의 망토 효과가 발동됩니다.]
[일시적으로 회피율과 이동속도가 상승합니다.]

아슬아슬하게 검날이 스쳐 지나간다. 망토의 효과 덕분에 다시 거리가 벌어지기 시작했다.

"칫!"

"뭐 하는 거냐."

"시끄러워!"

재차 줄어드는 간격. 예상대로 루시엔은 추가타를 날리기 위해 왼손을 쭉 뻗었다.

그리고 이전보다 더욱 강한 위력을 실어 검을 내질렀다. 그 순간, 때를 기다리고 있던 용찬의 눈이 빛났다.

[차지 어택이 발동됩니다.]

[카운터가 발동됩니다.]

기력이 실린 검날이 기울어진다. 쭉 뻗어진 왼팔이 옆으로 밀려나자 자연스레 틈이 생겨났다. 용찬은 인정사정없이 팔꿈치로 복부를 가격했다.

"꺄흑!"

바닥을 나뒹구는 루시엔. 다크 엘프답게 재빨리 자리에서 일어났지만 그녀의 얼굴엔 경악이 가득했다.

"도, 도대체 어떻게?"

"뭐 하는 거지. 제대로 덤벼라."

어느새 망나니였던 마왕은 여유롭게 손가락을 까닥거리고 있었다.

하멜에서 등급은 강함의 척도다. 능력치, 스킬, 특성 등 모든 능력을 통틀어 등급이 매겨진다.

현재 용찬과 루시엔의 등급은 한 단계 차이. 능력치 면에서부터 밀리다 보니 장기전은 무리였다.

'확실히 육체적인 능력치에선 밀려. 최대한 기술을 운용해 버티고는 있지만 앞으로 기껏 해봤자 스킬은 두 번 정도밖에 사용 못 할 거야. 그렇다면 이쯤에서 승부를 본다.'

망토가 펄럭거린다. 또 한 번 마력이 실린 검날이 허공을 갈랐다.

'차지 어택의 재사용 대기 시간은 대략 13초. 기력과 동시에 마력까지 소모하니 슬슬 한계일 거다.'

스킬과 특성은 무한대가 아니다. 능력치의 영향을 받긴 하지만 각각 재사용 대기 시간이 존재했다. 게다가 마법이면 마력, 육체적인 기술이면 기력이 소모됐다.

그런 가운데 차지 어택을 연달아 다섯 번이나 사용했으니 탈진 상태에 이르는 것은 당연했다.

"말도 안 돼. 권능도 발현 못 하던 최하급 마족이?"

"……."

"맨날 주정이나 부리던 약골이 이런 움직임을 보인다고? 절대 있을 수 없는 일이야. 말도 안 된다고!"

최약의 마왕이라 취급받던 헨드릭이다. 무려 1년 동안 망나니로 지냈으니 인정하지 못하는 것은 당연했다.

하나, 용찬은 그러는 동안에도 재차 반격을 사용했다.

퍼억!

또다시 날아가는 신형. 루시엔은 숨을 헐떡거리며 힘겹게 자리에서 일어났다.

"할 말은 그게 전부냐."

"시, 시끄러. 아직 안 끝났……."

띠리리링!

회중시계가 울린다. 그레고리는 재빨리 중간에 개입하며 대련의 끝을 알렸다.

"5분이 모두 지났습니다. 도련님께서는 전투 불능 상태에 처하지 않으셨으니 루시엔 님의 패배입니다."

"뭐야, 아직 안 끝났다고!"

"이만 인정하시지요. 미리 설명 드렸던 대로 대련의 시간은 딱 5분이었습니다. 그동안 도련님께 제대로 된 타격 한 번 입히지 못하셨으니 내기는 도련님의 승리입니다."

용찬의 몸은 상처 하나 없이 멀쩡했다. 그제야 루시엔은 패배를 실감하며 고개를 떨어뜨렸다.

"내가 이겼으니 계약 취소 건은 자동적으로 없었던 일이 되겠군. 설마 한 입 갖고 두말하진 않겠지?"

"……"

"세 가지는 내일 알려주도록 하지. 우선 회복부터 해라."

승자가 뒤돌아선다. 하루아침에 달라진 마왕은 아무런 미련 없이 그대로 4층을 떠났다.

❦

"……내가 그 망나니한테 농락당했다고?"

철저히 반격 위주로 대련에 임한 헨드릭이다. 단 한 번도 공격을 허용하지 않았으니 수준 차이는 확연히 드러났다.

하나, 루시엔은 쉽사리 인정하지 못했다.

"괜찮으십니까, 루시엔 님."

"……인정 못 해."

"예?"

"난 인정 못 한다고. 이건 무효야. 무효가 틀림없어!"

붉게 상기된 표정이 드러난다. 패배감으로 수치스러워하는 얼굴이다. 루시엔은 바드득 이를 갈며 방으로 돌아갔다.

홀로 남은 그레고리에게로 새로운 인물이 다가왔다.

"이거, 이거. 그레고리 님 아니십니까."

"아, 헤르덴 부상단주님이시군요. 잘 지내셨습니까?"

"뭐, 저야 매우 편안히 잘 지냈다고 볼 수 있죠. 그나저나 저 다크 엘프는 무엇 때문에 저리 홍분해 있는 겁니까?"

뒤룩뒤룩한 살이 출렁거린다.

탐욕 어린 눈빛이 루시엔을 향하는 가운데 손에 낀 반지들이 영롱히 빛났다.

헤르덴 상단의 부상단주 몽블랑, 베텔에서 직접 바쿤으로 파견을 나온 하급 마족이다. 무려 반년 만에 마왕성 내부를 거의 장악하며 재정을 관리하고 있는 자이기도 했다.

"별일은 아닙니다. 그저 도련님께서 약간의 가르침을 주신 정도죠."

"아하하하. 그 헨드릭 프로이스가 말입니까. 무슨 말도 안 되는 소리를. 지금쯤 방 안에 틀어박혀 다시금 술을 찾고 있을 그 마족이 무슨 수로 가르침을 준다는 말씀이십니까."

"……말씀이 좀 지나치시군요."

"아, 이거 죄송하게 됐습니다. 그래도 꽤 재미있었습니다. 다음번에도 또 그런 유머 기대하죠. 그럼 전 이만."

어깨를 툭툭 두들기던 몽블랑이 유유히 자리를 떠났다.

홀로 남겨진 그레고리는 짙은 한숨을 내쉬다 이내 어깨를 털어내고 있었다.

"죄송합니다. 헤르덴 상단에게 병사를 부탁한 결과 이렇게
되고 말았습니다."

"……."

고블린 네 마리가 굼벵이처럼 다가온다. 모두 지하 젬 광산
을 지키던 베텔의 병사들이다. 700골드가 그리 큰돈은 아니었
지만 이런 병력이라면 차라리 없는 게 나았다.

"키에엑. 키엑."

"케케케케."

창을 거머쥔 고블린들이 비웃기 시작한다. 장비를 차려입은
용찬이 만만하게 보인 모양이다.

"지금 무엇들 하시는 겁니까. 감히 도련님 앞……."

"똑바로 서라."

"키에에엑!"

고블린들의 온몸이 굳어졌다.

[카리스마(공용)가 발동됩니다.]

[F급 고블린 창병들이 두려움에 사로잡힙니다.]

새로 얻은 특성 카리스마의 등급은 D급이다. 고작 F급인 고블린들이 저항하는 것은 불가능했다.

용찬은 잠잠해진 분위기를 느끼며 인벤토리를 점검했다.

'레드 시티에서 얻은 아이템들이 아직 남아 있어. 이놈들이 문제이긴 하지만 루시엔이 합류한다면 충분히 가능성은 있겠지.'

마침 루시엔이 계단에서부터 내려왔다. 어제 대련 이후로 잔뜩 독기를 품은 얼굴이었지만 상관없었다.

"모든 준비는 마쳤나?"

"……갑자기 무슨 바람이 불어서 이러는지는 몰라도 똑똑히 알아둬. 난 너를 인정할 생각은 추호도 없어. 지금은 용병으로서 따르고 있는 것뿐이니 우쭐대지 말라고!"

"우쭐댄 적 없다. 그리고 우선 네 말투부터 고쳐야겠군."

"우, 웃기지 마!"

앙증맞은 귀가 쫑긋 세워진다. 온몸이 부르르 떨리는 것으로 보아 아직도 패배감에서 벗어나지 못한 모양이다. 용찬은 그런 사정은 가볍게 무시했다.

"세 가지 조건이다. 첫째, 넌 앞으로 바쿤의 정식 용병이 된다. 둘째, 내 말에 무조건 복종한다."

"말도 안 돼. 그런 조건은……."

"셋째."

또다시 카리스마가 발동된다. 주변으로 상당한 위압감이 퍼져 나갔다.

"앞으로 존대해라."

"뭐, 뭣?"

"그게 싫다면 내게 한 번이라도 이겨봐라. 즉시 조건들을 무효화시켜 줄 테니까. 그럼 출발하지."

던전 공략의 예상 일정은 단 하루다.

미리 그레고리에게 지도와 함께 식량이 든 바구니까지 건네받았으니 모든 준비는 끝난 셈이었다.

[2. 첫 번째 던전 공략을 성공적으로 마치십시오.]

두 번째 수행 과제가 나타난다. 현재 상황에 맞게 정해진 목표다. 망나니 마왕을 반전시키기 위한 첫 단계, 어찌 보면 던전은 그것을 위한 첫 발판이라고 볼 수 있었다.

'지금은 헤르덴 상단은 물론 베텔도 건들지 못해. 우선 바쿤의 병력을 끌어모으고 천천히 준비한다.'

가장 먼저 해야 할 일은 본래 자리를 되찾는 것이다. 현재 마왕성을 장악한 타 세력을 쫓아내려면 바쿤 고유의 힘이 필요했다.

'그때 도련님께서 제안을 승낙하신 것 때문에 몽블랑이 일부 권한을 차지하고 있는 상태입니다. 아마 헤르덴 상단을 건드리는 즉시 베텔의 본 병력이 바쿤으로 들이닥치겠지요.'

이미 사방은 적이었다. 지금부턴 마왕성 플레이어의 방식대로 성장해야만 했다.

"다들 따라와라. 목표는 던전 비케스트. 하루 만에 공략할 예정이니 준비 단단히 해두도록."

"거기 서. 내 말은 아직 끝나지 않았다고!"

"키에에엑!"

최약의 마왕과 한 명의 다크 엘프. 그리고 한심하기 짝이 없는 고블린 네 마리까지. 바쿤을 변화시키기 위한 첫 행보는 매우 초라하게 시작되고 있었다.

◀ 5장 ▶
비케스트

던전. 흔히들 몬스터들의 소굴이라고 뜻한다.

각종 함정, 설치 수단, 보스 몬스터 등 수십 가지 위험이 도사리는 곳이 바로 던전이며, 때때로 각양각색의 구조로 침입자들을 혼란에 빠트리기도 했다.

'하멜에선 널리고 널린 게 던전이었지. 미션 다음으로 플레이어들이 가장 많이 찾는 곳이기도 했으니까.'

목숨이 보장되지는 않지만 대신 얻는 것이 많았다.

[던전 명:비케스트]

[등급:F]

[클리어 횟수:0]

음산한 동굴이 보인다. 산 중턱 바위틈에 있는 던전이다. 절망의 대지에서 보는 던전은 느낌이 새로웠다.

'F급 던전이니 던전 마스터는 존재하지 않을 테고. 남은 것은 어떻게 이 병력으로 클리어하느냐는 건데.'

녹초가 된 고블린들이 자리에 쓰러진다. 산을 오른 지 얼마나 됐다고 벌써부터 지쳐 하는 모습이다.

그나마 믿을 만한 것은 루시엔. 다크 엘프답게 나무를 타고 올라온 그녀는 고블린들을 한심하게 내려다봤다.

"정말 이런 놈들을 데리고 던전에 들어가겠단 거야?"

"뒤처지면 버린다. 그뿐이다. 나머진 너와 내가 알아서 해결해야 할 문제겠지. 그리고 다시 한번 충고하지만 존대를 해라. 벌써 세 가지 조건을 잊은 것은 아니겠지?"

"으읏."

"처음부터 익숙할 순 없을 거다. 하지만 노력이라도 해라. 네가 날 인정 안 해도 패배는 변함이 없으니까 말이지."

다크 엘프들은 의외로 자존심이 강했다. 용찬은 그런 점을 이용해 아예 세 가지 조건에 대해 못을 박아버렸다.

[라이트 스톤을 사용했습니다.]

손에 쥔 돌이 빛을 발한다. 레드 시티에서 얻었던 1회용 아이템이다.

용찬은 추욱 늘어진 고블린들을 보며 지시했다.

"그만 일어나라. 바로 진입한다."

"키, 키에에에!"

"설마 700골드 값어치도 못 하는 것은 아니겠지?"

험악한 인상이 재차 드러난다. 고블린들은 그제야 겁을 먹고 재깍 자리에서 일어났다. 그리고 나무 위에 있던 루시엔까지 내려오며 모든 준비가 갖춰졌다.

'그래도 이전보단 조금 얌전해졌군.'

입을 꾹 다문 모습이 보인다. 몹시 마음에 안 든다는 눈빛이었지만 패배한 사실만큼은 받아들인 모양이다.

용찬은 만족스러워하며 동굴 안으로 진입했다.

[탐색이 발동됩니다.]

동굴 내부가 주황빛으로 물든다. 다행히 장애물은 없는 것인지 금방 몬스터 두 마리가 포착됐다.

'언데드 던전이었나.'

외형상으로 볼 때 스켈레톤 병사들로 추정됐다. 용찬은 즉시 고블린 네 마리를 선두로 세웠다.

"전방으로 F급 스켈레톤 병사 두 마리다. 대열을 맞추고 천천히 전진해라."

"키에에에."

"내 말이 말 같지 않나?"

"키, 키에에엑!"

드디어 고블린들이 반항을 시작했다. 그들은 엄연히 헤르덴 상단에 속한 병사들. 골드에 의해 고용된 상태라고는 하나 완벽한 주인은 될 수 없었다.

용찬은 재차 카리스마를 발동하려다 이내 그만두었다.

'여기서 위협한다고 해봤자 또다시 제자리야. 쓸모없는 놈들이긴 하지만 방패막이 정도로는 사용해야겠지.'

강제성이 담기면 그 순간만 일시적으로 따르게 된다. 이럴 경우 말보단 먼저 행동이다.

"똑똑히 보고 있어라. 던전을 공략하는 내내 따르게 될 네 놈들의 주인을."

눈앞으로 스켈레톤 병사 두 마리가 보인다. 용찬은 고블린들과 루시엔을 놔두고 홀로 뛰어들었다.

달그락!

단숨에 돌아가는 두개골. 주변을 어슬렁거리던 스켈레톤 병사는 난데없는 기습에 그대로 바닥으로 쓰러졌다.

'장비는 샴쉬르와 방패 정도인가. 다행히 갑옷은 없군.'

쓰러졌던 스켈레톤 병사가 다시 일어선다. 장비와 능력치 때문인지 타격은 그리 크지 못했다.

달그락. 달그락.

후방에 있던 동료가 합류한다. 이제 적은 스켈레톤 두 마리다. 하나, 용찬은 망설임 없이 신형을 내질렀다.

가장 먼저 노린 대상은 기습에 성공했던 병사. 빠르게 보폭을 줄인 용찬은 그대로 턱을 후려치려 했다. 그 순간, 곁에 있던 병사가 검을 휘둘렀다.

[일자 베기가 발동됩니다.]
[반격이 발동됩니다.]

일자 베기의 등급은 F급. E급인 반격을 뚫고 피해를 주긴 무리였다. 용찬은 상체를 숙여 뼈로 된 팔을 붙잡았다. 그리고 전투 돌입을 통해 스켈레톤 병사를 벽으로 날려 버렸다.

퍼억!

벽에 충돌한 병사가 축 늘어진다. 완전히 사망한 것은 아니지만 일시적인 전투 불능 상태다.

"키에에엑!"

"역시 말도 안 돼."

예상했던 경악성, 한번 대련을 거쳤던 루시엔과 달리 고블린들은 아예 입이 떡 벌어져 있었다.

'좀 무리를 해야 하겠지만 어쩔 수 없지. 일단 아이템으로 버틸 수밖에.'

용찬은 가볍게 어깨를 풀며 정면의 스켈레톤 병사를 쳐다봤다.

[고블린들이 혼란스러워합니다.]

첫 번째 전투가 끝나자 태도가 달라졌다. 아니, 정확히는 아직도 얼떨떨해하는 눈치다.

달그락. 달그락.

멀리서부터 뼈다귀 소리가 들려온다. 탐색을 통해 확인한 결과 이번에는 세 마리의 스켈레톤 병사다.

"전방에 스켈레톤 병사 세 마리다. 아까 전 지시했던 대로 대열을 갖추고 전진해라."

"키, 키에엑."

"루시엔. 너는 틈을 봐서 나와 함께 진입한다."

"……."

단 한 명의 대답 소리가 들려오지 않았지만 상관없었다.

'그래도 무기는 꺼내 드는군. 또 한 번 실력을 입증함으로써 기가 팍 꺾였을 테니 저럴 만도 하겠지.'

누구든 강자를 따르고 존경한다. 비록 최하위에서 약간 강해진 수준이지만 달라진 모습은 확연히 드러났다.

용찬은 검을 치켜든 루시엔을 놔두고 고블린들에게 집중했다.

달그락!

침입자를 발견한 스켈레톤 병사들이 덤벼든다. 고블린들은 기겁하며 뒤로 물러나려 했지만, 그 전에 지시가 떨어졌다.

"앞으로 한 발자국 전진."

오른발이 내밀어진다.

"창을 내질러라."

네 개의 창이 동시에 적을 찌른다.

"두 명씩 좌우로 퍼져라."

그리고 가장 효율적인 배치로 적을 상대하기 시작했다. 상대는 세 마리의 스켈레톤 병사. 동일한 F급의 전투에서 숫자가 더 많은 고블린이 지는 것은 말이 되지 않았다.

"키엑!"

하나 전투 경험이 그다지 없다 보니 실수는 번번이 나왔다. 이번에는 아예 창을 놓쳐 버린 맨 좌측 고블린. 그로 인해 가까스로 유지되던 대열은 단숨에 무너져 내렸다.

"루시엔."

"안 그래도 알고 있거……."

"……."

"……든요."

처음으로 존대가 나왔다. 용찬은 그제야 만족스러워하며 험악한 인상을 풀었다. 그리고 루시엔과 함께 전투에 돌입하며 스켈레톤 병사들을 제압하기 시작했다.

[신속화(공용)가 발동됩니다.]
[전투 돌입(무투가 전용)이 발동됩니다.]

순식간에 적들을 마무리하는 두 명. 고블린들의 공격도 효과가 있었던 것인지 스켈레톤 병사들은 빠르게 무너졌다.

[고블린들의 존경심이 1씩 상승합니다.]
[루시엔의 불만이 1 감소됩니다.]

상황이 순조롭게 흘러간다. 전투는 물론 내적인 요소들까지 균형을 찾아갔다. 아직은 한참 부족했지만 용찬은 서두르지 않았다. 냉정히 그들을 평가하고 이용할 뿐이었다.

[13골드를 획득했습니다.]

[망자의 뼈다귀를 획득했습니다.]

마침내 두 번째 전투가 끝났다.

용찬은 인벤토리로 들어온 골드와 아이템을 확인한 뒤 재차 지시를 내렸다.

"쉴 시간 따윈 없다. 계속해서 진입한다."

까앙!

주먹이 가로막힌다. 벌써 네 번째 시도다. 방패술을 활용하기 시작한 스켈레톤 병사들은 쉽사리 틈을 내주지 않았다.

푹!

특히 후방의 스켈레톤 궁수가 가장 문제였다. 나름 진형을 갖춘 병사들이 놈을 보호하니 사격이 계속해서 이어졌다.

'지성도 없는 F급 스켈레톤 병사들이 배치를 갖추고 있다니. 직접 보고도 믿기지 않아.'

바닥으로 화살들이 보인다. 명중률이 높지 않아 아직 피해는 없었지만 혹여 맞기라도 한다면 골치가 아팠다.

"뭐가 이리 돌파하기가 어려운 거야. 저놈들 정말 던전 내 몬스터 맞아?"

곁에 있던 루시엔이 짜증을 부렸다. 그녀 말대로 스켈레톤 병사들의 움직임이 예사롭지 않았다.

마치 누군가에게 훈련을 받은 듯한 방패술은 결코 야생 몬스터로 보이지 않았다.

용찬은 고블린들을 앞으로 전진시키며 루시엔에게 지시했다.

"내가 좌측을 맡는다. 넌 우측으로 파고들어라."

"시선을 혼란을 줘봤자 저렇게 일렬로 서 있으면 아무 소용 없다고. 당장 내 스킬도 방패에 가로막히는데 어떻게 돌파하겠단 거…… 예요."

"네가 저지르고 있는 가장 큰 실수는 바로 스킬에만 의존한다는 거다. 신속화 특성까지 가지고 있으면서도 그것을 일부밖에 활용하지 못하고 있으니 틈이 생길 수밖에. 지금부턴 내가 신호를 보내는 순간에 맞춰 차지 어택을 사용해라."

루시엔의 가장 큰 장점은 민첩한 몸놀림이다. 하지만 대련 때도 그녀는 신속화를 제대로 활용하지 못했다. 이도류의 단점도 보완하지 않고 무작정 차지 어택을 사용하는 것은 기력과 마력을 소모하는 행동에 불과했다.

"칫. 검도 안 쓰는 마족이 무엇을 그리 잘 안다고……."

"알아들었나?"

"으읏. 아, 알겠다고."

"존대."

"……알겠다고요."

툴툴거리던 입이 다물어진다.

아직 반항적인 기미가 남아 있긴 했지만 카리스마 앞에선 금방 꼬리를 내렸다. 계속해서 불만도도 감소시키고 있으니 저런 태도도 차차 나아질 것이다.

용찬은 모든 준비를 마치고 즉시 좌측으로 파고들었다. 그리고 루시엔과 동시에 발을 맞춰 스켈레톤 병사를 노렸다.

[방패술(공용)이 발동됩니다.]

또다시 전신을 가리는 방패. 하나, 다섯 번이나 연달아 가로막힐 용찬이 아니었다.

"중앙의 세 놈을 공격해라."

"키에에엑!"

고블린들이 쏜살같이 달려든다. 스켈레톤 병사들은 즉시 방패술을 통해 창을 막아냈다. 그사이 장전을 끝낸 스켈레톤 궁수가 시위를 당겼지만 가까워진 거리로 인해 쉽사리 표적을 노리지 못했다.

"루시엔, 지금이다."

"실패해도 내 책임 아니라고!"

뒤로 밀려나던 신형 사이로 틈이 벌어진다. 집요하게 방패를 공격하던 루시엔은 재각 차지 어택을 시전했다.

파각!

반으로 갈라지는 척추. 자리를 고수하고 있던 스켈레톤 병사는 그대로 소멸됐다.

달그락. 달그락.

고블린들을 막고 있던 병사들의 시선은 즉시 루시엔에게로 쏠렸고 용찬은 그 틈을 놓치지 않았다.

"잠시 지나가마."

방패를 치켜들고 있던 병사가 움찔거린다. 하나, 용찬은 병사를 무시하고 후방에 있던 궁수에게로 달려들었다.

콰지직!

단숨에 금이 가는 두개골. 다른 병사보다 내구가 약했던 궁수는 순간적인 연타에 소멸당할 수밖에 없었다.

"키엑? 키에엑!"

"뭣들 하고 있어. 얼른 이놈부터 처리하라고!"

"키에에엑?"

서서히 전투의 흐름이 넘어온다. 일찌감치 좌측을 무너트린 다음 시선을 유도한 결과다.

'그래도 어찌어찌 해결이 되는군. 아직 갈 길이 멀기만 하지만 지금은 이 정도로 만족해야겠어.'

신경질을 내던 루시엔이 곁눈질한다.

방금 전 차지 어택이 성공한 것 때문인지 눈동자엔 놀라움이 가득했다.

"쯧."

용찬은 한심스러운 눈길로 그녀를 바라보다 이내 고블린들 쪽으로 합류했다.

그 이후로도 방패술을 활용하는 스켈레톤 병사들은 계속해서 출현했다. 갈수록 숫자가 늘어가는 적들로 인해 일행은 빠르게 지쳐갔고 여섯 번째 전투를 마무리하는 순간 탈진 상태가 다가왔다.

"더, 더는 무리야. 이젠 기력도 없다고."

"음. 잠시 휴식을 취하며 허기를 채운다."

"키에에에!"

주저앉아 있던 고블린들이 환호성을 내지른다. 미리 탐색으로 적이 없다는 것을 체크한 용찬은 즉시 바구니를 꺼내 들었다.

그 순간, 곁에 있던 루시엔이 예리한 눈초리로 바구니를 살폈다.

'저건 분명 그레고리한테서 받았던 바구니. 전투 내내 보이지 않는다 싶더니 어딘가에 숨기고 있었어. 도대체 어떤 방식으로 감추고 있던 거지.'

의문이 깊어진다. 갑자기 나타난 바구니 하며, 망나니 마왕의 갑작스러운 변화, 둥둥 떠다니는 생소한 녹색 돌. 그리고 차지 어택의 정확한 타이밍까지. 일반적인 상식으론 이해가 안 되는 점들이 한두 가지가 아니었다.

'설마 권능을 발현한 건가. 몇 가지 석연치 않은 점들이 있긴 하지만 그래도 권능이라면 어느 정도 가능성은 있어.'

다소 플레이어와 흡사한 능력. 1년간 망나니로 지내오던 헨드릭이 그와 비슷한 권능을 얻었다면 갑자기 달라진 태도도 약간은 이해가 갔다.

'다시 마왕성을 재건하려고 드는 거겠지. 그래 봤자 가문에게 버림받은 최하위 마족이라는 것은 달라지지 않겠지만 우선 지켜봐야겠어. 아직 확실한 것도 아니니까.'

깊은 오해가 발생한다. 진실을 알지 못하던 루시엔은 혼자만의 착각 속에서 건네받은 샌드위치를 먹어치웠다.

그 순간, 다리에서부터 따끔한 고통이 느껴졌다.

"아얏"

"전투 도중 다리를 베인 모양이군. 그리 무신경해선 금방 목숨을 잃을 거다."

"시, 신경 끄라…… 윽."

"치유 능력이 깃든 붕대다. 얼른 다리에 감아라."

"이런 건 또 어디서 구한 건데…… 요."

"도시에서 장비와 함께 구했다."

설명할 필요를 못 느낀 용찬은 물병만 홀짝거렸다.

그사이, 고블린들은 남은 샌드위치를 전부 먹어치웠고 루시엔은 잠시 머뭇거리다 붕대를 감았다.

그 시각, 개인 집무실에서 있던 몽블랑은 막 던전으로 향한 헨드릭의 정보를 전해 들은 상태였다.

"흐응. 그러니까 그 망나니가 던전 비케스트로 향했다 이거지?"

"예. 어제 저희 쪽 병사들을 빌려 갔던 이유도 아마 던전 때문으로 추정되고 있습니다."

상단원이 보고서를 건넨다. 정확히 700골드를 지불하고 고블린 네 마리를 빌려 간 내역이다.

'별일은 아닙니다. 그저 도련님께서 약간의 가르침을 주신 정도죠.'

문득 4층에서 만난 그레고리가 떠올랐지만 입가엔 웃음만 번지고 있었다.

"클클클. 마음을 고쳐먹어 봤자지. 최하위 서열 74위. 그것도 버림받은 최하급 마족 놈이 무엇을 하겠다고."

"아직도 권능은 발현하지 못하고 있는 것 같습니다."

"당연히 그렇겠지. 그놈은 보잘것없는 망나니에 불과해. 지금은 던전 공략을 한다고 아주 난리를 피우고 있지만 결국 발버둥에 그치게 되겠지. 문제 될 것은 아무것도 없다고."

가문의 명예를 떠안고 추락한 마왕이다. 이제 와서 바쿤 재건을 노린다고 하더라도 이런 상황 속에선 불가능했다.

게다가 별다른 재주도 없는 약골 중의 약골.

베텔에게 거의 장악당한 상황에서 헨드릭이 할 수 있는 것이라곤 발버둥 정도밖에 없었다.

"우리 상단에게 대부분의 권한까지 뺏긴 놈이 무얼 하겠어. 그냥 발버둥이라도 치게 내버려 두라고. 어차피 조만간 이 계약서를 통해 아예 마왕성을 뺏어버릴 예정이니까."

"알겠습니다."

"클클. 그나저나 다크 엘프 년이 꽤 반반하던데 말이지. 발육은 덜 돼 보이지만 그것도 나름 즐길 맛이 있겠어."

탐욕 어린 눈길이 창가를 향한다. 혹여 던전을 공략하고 돌아오더라도 계약서가 있는 이상 문제 될 것은 없었다.

'만약 던전에서 죽어준다면 더욱 만족스럽겠지. 비록 지금은 베텔에 발이 묶여 있다지만 바쿤만 차지하게 된다면 헤르덴 상단은 한층 더 발전할 수 있을 거야.'

벌써부터 대상단이 된 모습이 눈앞에 아른거렸다. 몽블랑은 테이블에 있던 고기를 베어 물며 즐거워했다.

[다크 엘프 루시엔]

[등급:E]

[직업:검사]

[상태:불만, 의심]

상태 창에 변화가 생겼다. 휴식을 취한 이후 새로운 항목이 늘어난 모양이다.

'슬슬 의심할 만도 해. 플레이어 기능을 뻔히 드러내놓고 사용했으니까. 고블린들 같은 경우엔 플레이어에 대한 지식이 없으니 상관없다지만 루시엔은 아니야.'

루시엔은 귀환하는 즉시 정식 용병으로 전환된다. 오직 바쿤 소속으로서 용찬만을 위해 움직인다는 뜻이다.

유일하게 전력이 되는 E급 용병, 바쿤 고유의 병사가 없어 바로 채용해 버린 것도 있었지만 진짜 이유는 따로 있었다.

'첫째, 신속화 특성을 가지고 있다는 점. 둘째, 민첩에 특화된 다크 엘프란 점. 셋째, 내가 없을 동안 화력을 끌어낼 수 있다는 점. 마지막으로 넷째, 지금 이 자리에 있다는 것.'

회귀 이전 당시 론다인 길드가 한 차례 절망의 대지로 넘어온

적이 있었다. 다인 진영의 1차 소환 플레이어이던 그들은 노예 사업 쪽으로 대폭 투자를 하며 노예 시장을 활성화시켰고, 마계에서도 마왕성 소속이 아닌 다크 엘프들을 집중적으로 노렸다.

'각 진영에서 엄청난 비난을 받았지만 다크 엘프 포획은 대성공했었지. 물론 전부 잡아들이진 못했다고 하지만 피해가 컸던 것은 확실해. 아마 날짜로 쳤을 때 지금은 론다인 길드가 습격한 이후일 거야.'

그날 이후로 다크 엘프들은 숲속에서 한 번도 나오지 않았다고 전해진다.

두 번째 목표를 위해 원정에 나섰을 때도 그들은 단 한 번 보지 못했으니 그 사실은 거의 확실했다. 한데, 루시엔은 지금 마왕성의 임시 용병이었다.

'그레고리에게 듣기로 5달 전에 바쿤으로 찾아왔다고 했으니까 시간상으로는 딱 맞아. 아마도 그녀는 특별한 목적을 품고 숲에서 빠져나온 거겠지.'

숲에서 나온 과정은 알 수 없었지만 대충 복수로 예상됐다. 복수의 대상은 바로 론다인 길드. 수백의 다크 엘프를 노예로 전락시킨 만큼 증오심과 분노는 매우 깊을 것이다.

'사건은 관심 없지만 목표가 복수라는 것은 나랑 비슷해. 복수의 칼을 갈 때는 증오심이 곧 힘이 되는 법. 이 녀석은 잘만 키우면 충분히 쓸 만한 도구로 만들 수 있겠어.'

주변 모든 것을 철저히 이용한다. 태현에게 복수하기 위해선 마왕성 고유의 힘도 꼭 필요했다.

'대충 권능 쪽으로 의심하고 있는 건가. 플레이어와 흡사한 능력이니 거부감이 들 수도 있겠지. 하지만 결국 이 녀석도 복수를 위해 모든 것을 이용하게 될 거야.'

용찬은 뒤에서 느껴지는 시선을 느끼며 판단을 마쳤다.

턱.

커다란 문 앞에서 발걸음이 멈춘다. 드디어 비케스트 던전의 보스 방이다.

"말 안 해도 여기가 보스 방이라는 것은 알겠지. 각오 단단히 해두도록. 특히 루시엔."

"왜, 왜 또 난데."

"그만 처다보고 준비해라. 그리고 또 존대가 빠졌군. 내가 언제까지 가르쳐 줘야 하지?"

"윽."

지적을 받자 재깍 두 자루의 검을 뽑아 든다. 창을 거머쥔 고블린들까지 합하면 준비는 완료다.

'F급 던전이지만 잘하면 여기서 고블린들을 희생시켜야 할

수도 있겠어.'

대부분 보스는 던전의 등급보다 한 단계 높다. 줄기차게 전투를 치른 고블린들이 버틸 수 있을지는 미지수였다.

용찬은 만신창이가 된 고블린들을 살피다 이내 문을 열어젖혔다.

[보스 출현, 비케스트의 수문장 쿨단이 나타났습니다.]

드넓은 방 안. 그 중심으로 열 마리의 스켈레톤 병사가 나타났다. 그리고 견갑골이 크게 발달한 스켈레톤 병사가 놈들을 지휘하기 시작했다.

[수문장 쿨단]
[등급:E]

예상대로 한 단계 높은 등급이다. 다른 병사보다 커다란 방패를 쥔 쿨단은 상당한 내구력을 가진 것으로 보였다.

'왜 스켈레톤 병사들이 방패술을 알고 있나 했더니 저놈이 가르친 거였군.'

놈들이 천천히 주위를 둘러싼다. 처음부터 숫자로 밀어붙이겠단 심산이다.

"아잇! 저놈은 그때 마왕성에 있던 놈이잖아?"

"어디 마왕성을 말하는 거냐."

"그야 네 마왕성이지. 스켈레톤 쿨단 몰라? 내가 온 지 얼마 안 되어서 도주했었지만."

"존대! 그리고 도주한 이유는?"

"웃. 아마 헤르덴 상단에게 불만을 느끼고 도주했던 것으로 기억해…… 요."

정확히는 무능한 마왕 때문에 도주했단 뜻이었다.

'헨드릭의 기억에 없는 것을 봐선 부하들에게 관심도 없었나 보군. 매일 방 안에만 틀어박혀 있었으니 그럴 수밖에.'

용찬은 루시엔을 무시하고 앞으로 걸어나갔다.

"날 기억하나?"

달그락. 달그락!

"다른 말은 하지 않으마. 다시 마왕성으로 돌아올 건지 그것만 말해라."

달그락!

뼈로 된 검이 일행을 향한다. 병사들은 즉시 검을 치켜들고 공격 태세를 취했다.

'1년 만에 나타난 망나니가 뻔뻔하게 귀환을 요구하고 있으니 거절하는 것도 어찌 보면 당연한 거겠지.'

자업자득인 셈이다. 헨드릭의 몸을 얻게 된 이상 이런 업도 짊어지고 가야 했다. 하나, 어르고 달랠 필요는 없었다.

"그럴 줄 알았다. 냉큼 온다고 했으면 오히려 내가 실망했을 거야."

싸늘한 살기가 주변으로 퍼진다. 용찬은 잊을 수 없는 누군가를 떠올리며 또 다른 배신자를 노려봤다.

전투의 시작은 용찬의 돌진이었다.

[전투 돌입(무투가 전용)이 발동됩니다.]
[철갑화가 발동됩니다.]

견갑골이 확장된다. 마치 갑옷처럼 뼈가 온몸을 감쌌다.

깡!

주먹을 내질렀지만 쇳소리와 함께 공격이 막혔다. 예상대로 쿨단의 방어력은 다른 스켈레톤 병사들보다 배는 높았다.

하나, 한 번에 성공할 거란 생각은 애초에 하지도 않았다.

용찬은 지체 없이 반대편 주먹을 내질렀다.

깡!

[방패술(공용)이 발동됩니다.]

서슬 퍼렇게 이어지던 공격이 방패에 가로막힌다. 충분히 예상했던 바다. 그렇잖아도 방어에 특화된 놈이었다.

방패까지 들고 있으니 이 정도쯤은 막으리라 생각했다.

한데.

달그락!

방패 너머로 보이는 놈의 눈빛이 묘하게 거슬렸다.

그 눈빛은 마치, '겨우 이 정도?'라고 말하는 듯했다.

'아직도 날 망나니 마왕으로 여기고 있다 이건가.'

입가로 잔혹한 미소가 번진다. 놈의 눈에 의아함이 어리는 것이 보였다.

하지만 설명할 필요는 없었다. 그저 주먹을 내지를 뿐.

까앙! 까앙! 까까까까까까깡!

계속, 깨부술 때까지, 미친 듯이 내지르는 주먹이 연이어 쇳 소리를 냈다. 장비와 능력치로 인해 그다지 피해는 주지 못했 지만 멈추지 않았다.

달그락!

미친 듯이 내지르는 주먹질이다. 일말의 틈도 없이 갈겨대는 주먹에 놈이 당황하고 있었다.

하지만 그런 놈을 신경 써줄 마음 따위는 없었다.

카아앙!

하단부로 작렬하는 니킥.

역시나 이번에도 별다른 타격은 주지 못했다. 하지만 쿨단 에게 혼란을 안겨주기엔 충분했다.

달그락. 달그락.

"뭐 하는 거야. 얼른 이놈부터 막으라고!"

"키에, 키에엑!"

일행이 공격당하기 시작한다. 금방 전멸당할 분위기다.

그럼에도 용찬은 시선 한 번 주지 않았다. 오직 단 한 놈, 아니, 단 한 마리만 제압하면 되었으니까.

카캉! 카캉! 카카카카캉!

주먹질은 멈추는 법이 없었다. 두들기고 또 두들겼다.

쏟아지는 주먹세례에 쿨단은 아무것도 할 수가 없었다.

아니, 한 번 하기는 했다.

달각!

주먹을 내지르는 타이밍에 맞춰 놈이 방패를 밀었다. 주먹이 닿기 전에 반격을 시도한 것이다.

하나, 용찬은 그런 공격을 쉽게 허용해 줄 만큼 만만한 상대가 아니었다.

덥석!

뻗어오던 방패를 그대로 손으로 잡았다.

의외의 상황에 놈이 당황했다.

'그래, 당황해라. 곧 오만하던 자신을 반성하게 될 거다.'

촤악!

놈의 방패를 그대로 뜯어내듯이 빼앗았다.

주춤!

방패를 잃어버린 놈이 뒷걸음질 쳤다. 그 순간, 용찬의 내부에서 무언가가 움직였다.

[영혼이 성장했습니다.]
[영혼 결속의 등급이 E로 상승합니다.]
[모든 육체적인 능력치가 1 상승합니다.]

어긋난 톱니바퀴가 살짝 기울어진다. 육체와 일체화되지 못하던 영혼의 일부가 동화됐다.

'이런 기분이군.'

순간적으로 몸과 영혼이 하나가 되는 것만 같은 느낌.

그 느낌을 간직한 채 놈의 방패를 한 손으로 쥐었다.

타앗!

그대로 땅을 박차고 놈을 향해 쇄도했다.

딱딱딱.

겁에 질린 놈의 모습이 보였다.

하지만 봐줄 생각은 없다. 감히 자신에게 반항을 한 대가. 그 대가를 이젠 받아야 했다.

쾅아! 쾅! 콰앙! 콰앙!

이번엔 주먹이 아니다. 아예 놈에게서 빼앗은 방패로 놈을 두들겼다.

콰쾅! 쾅!

방패가 없이도 단단하던 놈의 몸뚱이가 조금씩 부서져 나간다. 하나 개의치 않고 두들겼다. 후려갈기고, 패고, 때리고, 후려치고. 그야말로 방패 그 자체를 무기처럼 휘둘렀다.

털썩!

한참 두들겨 맞던 놈이 바닥으로 꺼지듯 주저앉았다.

용찬은 들고 있던 방패를 내던지고 손을 뻗었다.

덥석!

손을 뻗어 놈의 뼈 하나를 잡아챘다.

"네놈의 뼈가 먼저 부서지는지, 아니면 내 팔이 부서지는지 어디 한번 해보지."

딱딱딱!

"떨 거 없다. 몇 번 후려치면 금방 결과가 나올 테니까."

압도적인 카리스마가 온몸을 잠식했다. 쿨단은 턱을 덜덜 떨며 한 마리의 야수를 올려다봤다.

그야말로 공포의 재림. 한낱 망나니로만 알고 있었던 마왕은 어느새 괴물이 되어 돌아와 있었다.

"다신 배신 따위 못 하게 아예 온몸을 아작 내주마."

마침내 사형 선고가 내려졌다.

쿠쾅! 콰앙! 콰과과과광!

고작 장갑 하나 걸친 주먹은 무쇠처럼 뼈를 부수기 시작했고, 건갑골은 순식간에 깨져 나갔다. 그리고 신체 변형이 풀리는 순간 죽음에 대한 두려움이 찾아왔다.

달그락. 달그락.

애원 소리에 병사들이 반응한다. 막 고블린 두 마리를 제거한 놈들은 즉시 달려오기 시작했다.

그 순간, 용찬의 입가로 호선이 그려졌다.

"내가 재밌는 사실 하나 알려주마. 네놈은 한 번도 다른 던전을 안 가봐서 모를 테지만, 던전의 보스 몬스터는 목숨을 잃는 순간 병사들도 함께 소멸된다. 다른 놈과 달리 지성이 있는 네놈은 이게 무슨 소리인지 알 테지?"

딱딱딱딱.

"자, 선택해라. 병사들과 함께 소멸될지, 아니면 나에게 충성을 맹세할지."

거스를 수 없는 위협이 전신을 압박한다. 단 한 번 피해조차 주지 못하고 죽을 위기다.

달그락.

가까이 접근해 오던 병사들이 멈춰 섰다. 생과 사의 갈림길에서 택한 것은 굴복. 끝내 쿨단은 두려움을 이기지 못하고 항복을 선언하고 말았다.

[수문장 쿨단이 굴복했습니다.]

[E급 스켈레톤 병사 쿨단의 소속이 바쿤으로 변경됐습니다.]

[F급 스켈레톤 병사 10마리의 소속이 바쿤으로 변경됐습니다.]

눈앞으로 룰렛과 함께 보물 상자가 나타난다. 보스 몬스터의 굴복으로 업적 달성과 동시에 던전 보상이 지급됐다.

"저, 저 자식 대체 뭐야? 어떻게 저렇게 변한 거야?"

"키, 키에에엑!"

그들이 알던 마왕이 아니다. 마계 전체에 소문난 망나니 마왕이 저런 짓을 할 수 있을 리가 없었다.

'진짜 저게 그 술만 찾던 망나니 마왕이라고?'

이미 한 번 대련을 거친 상태다. 그럼에도 불구하고 홀로 쿨단을 제압한 그 압도적인 모습은 도저히 믿기지 않았다.

'시끄럽군.'

루시엔과 고블린들이 경악하는 것은 당연하다.

하나, 용찬은 그런 시선들은 깔끔히 무시한 채 클리어 보상을 회수하고 자리에서 일어났다.

"빠르게 던전을 빠져나간다. 목표는 바쿤. 회복은 귀환한 다음 생각해라."

그날, 망나니 마왕은 비케스트 공략을 성공적으로 이루어 내며 새로운 병사들과 함께 바쿤으로 귀환했다.

◀ **6장** ▶

파티

헨드릭의 귀환은 작은 변화를 불러왔다.

"그 최하급 마족 놈이 비케스트를 공략한 것도 모자라 도주했던 병사 놈을 다시 데리고 왔다고?"

"네. 확인해 본 결과 저희 상단에서 빌려 간 고블린 두 마리 외엔 별다른 피해도 없었던 것 같습니다."

"권능도 발현 못 한 망나니가 던전을 공략했다라, *끄*응. 말도 안 통하는 고블린 놈들에게 물어볼 수도 없고."

비케스트는 F급 던전이다. E급인 루시엔도 함께 합류한 이상 전멸은 면할 것으로 예상됐다. 하나, 헨드릭은 모든 예상을 깨트리고 아예 던전을 공략해 버렸다. 그것도 마왕성에서 도주했던 E급 병사 쿨단을 상대로 말이다.

'쿨단이라면 상단원과 시비가 붙어서 도주했던 E급 스켈레톤 병사 놈! 아무리 다크 엘프 년과 동급이라지만 그 병력으로는 공략은 고사하고 중반부도 넘기지 못해.'

수상한 점이 한둘이 아니었다. 몽블랑은 창가를 통해 입구에 늘어선 스켈레톤 병사들을 내려다봤다.

"그래서 그놈은 지금 무엇을 하고 있지?"

"바로 다음 던전으로 향하려고 하는 것 같습니다."

"빌어먹을 망나니가 이제 와서 무엇을 한다고!"

분노가 치밀어 오른다. 지금 저 행동은 다시 자리를 되찾겠다는 것이나 다름없었다. 몽블랑은 불현듯 스며드는 불안감을 애써 외면하며 통신구를 꺼내 들었다.

비케스트를 공략한 이후 용찬은 멈추지 않았다.

'몽블랑이란 놈도 멍청이가 아니라면 슬슬 조치를 취하려 하겠지. 쉬고 있을 시간 따윈 없어.'

가장 먼저 목표로 한 것은 주변 F급 던전들이었다. 비록 고블린들의 임시 고용은 끝이 났지만 새로 생긴 병사들은 그보다 더한 전력으로 자리매김했다. 게다가 특히 쿨단은 가장 필요로 하던 탱커 역할을 톡톡히 맡아주었다.

[철갑화가 발동됩니다.]

[쿨단의 신체가 변형됩니다.]

높은 내구력과 방패술을 익힌 병사다. 방어력을 높이는 스킬까지 포함한다면 선두를 맡기엔 충분했다.

'이제부터 쿨단을 위주로 진형을 짜야겠어. 저놈이 탱커를 맡아주면 나와 루시엔이 더욱 화력을 집중시킬 수 있겠지.'

한번 배신했던 병사이지만 지금은 충실한 부하다. 아직도 헤르덴 상단에게 적의를 가지고 있으니 목표는 같다고 볼 수 있었다.

"저리 비키라고. 이 망할 뼈다귀 자식아!"

달그락. 달그락!

물론 루시엔과 서로 호흡은 맞지 않았지만 그것도 차차 풀어가면 될 문제다.

[묘지기 펠루멜을 제거했습니다.]

[던전 모두라두를 공략했습니다.]

[보상이 지급됩니다.]

마침내 보스 몬스터가 사망했다. 이것으로 네 번째 F급 던전 공략이다.

'클리어 등급은 B급인가. 그래도 저번보다는 높아졌군. 이제 주변에 남은 F급 던전은 세 개. 헤르텐 상단이 움직이기 전에 나머지도 빠르게 끝낸다.'

쿨단과 스켈레톤 병사들만으로는 부족했다. 용찬은 더욱 페이스를 높여 다른 던전들도 빠르게 공략하기 시작했다.

"일주일 만에 F급 던전 7곳을 공략하셨다니. 정말 대단하십니다, 도련님."

고작 열 마리 남짓한 병사들이다. 쿨단과 루시엔을 포함한다 해도 이런 성과는 매우 놀라웠다.

용찬은 그레고리의 존경 어린 시선을 받으며 정보 창을 살폈다.

[플레이어 명:고용찬]

[등급:F]

[종족:마족]

[직업:무투가]

[특성:1]

[스킬:3]

[칭호:바쿤의 마왕]

[권능:봉인 상태]

[힘:8][내구:6][민첩:7][체력:9]

[마력:4][신성력:0][행운:5][친화력:3]

던전들을 공략하면서 꾸준히 능력치 스톤을 모은 상태다. 하나 그럼에도 E급은 아직 도달하지 못했다.

'전투 돌입과 파괴의 반지를 통해 일시적으로 E급이 되긴 하지만 문제는 장비와 스킬이군.'

그날 이후로 영혼 결속도 큰 진전이 없었다.

클리어 보상과 더불어 업적 보상을 통해 나름 장비도 얻긴 얻었지만 크게 쓸모 있는 것들은 아니었다. 그래서 일부는 착용하고 나머지는 루시엔과 쿨단에게 줘버린 상태다.

[용병:루시엔(정식)]

[재정:894골드]

[병력:F]

던전을 공략하며 골드는 꽤 모았지만 문제는 병력이었다.

"아직까지 나오지 않았다는 것은 나머지 도주한 놈들은 E급 이상의 던전에 숨어 있다는 건가."

"그럴 것으로 추정됩니다. 그래도 루시엔 님을 정식 용병으로 만드시고 쿨단 님을 다시 데려오신 것만 해도 큰 수확입니다. 너무 조급하게 생각지 마십시오, 도련님."

"조급하게는 생각하지 않아. 다만 문제는 헤르덴 상단의 움직임이겠지. 아직까진 크게 모습을 비추지 않고 있지만 조만간 놈이 방해하려 들 거다."

마왕성을 운영하는 데 필요한 젬을 관리하는 헤르덴 상단이다. 자리를 되찾기 위해선 우선 몽블랑을 처리해야 했다.

[3. 병력 등급을 E급으로 상승시키십시오.]

새로운 수행 과제도 나타난 상태. 하나, 아직 이 병사들로 E급 던전을 공략하기엔 부족했다.

용찬은 내구도에 한계를 보이는 장갑과 갑옷을 살폈다.

"이대로 간다면 내 장비가 먼저 파손되겠는데."

"죄송합니다. 아직 바쿤의 등급으로는 대장장이를 고용하기엔 부족합니다."

"그레고리, 혹시 젬을 얻을 다른 방법은 없는 거냐?"

"도련님께서 소유하신 골드를 젬으로 환전하실 수도 있긴 하지만 지금 골드로는 부족합니다. 제가 처음에 던전 공략 방법을 추천 드렸던 이유도 그 때문이죠."

벽에 가로막힌다.

지금 상태로는 헤르덴 상단을 상대하기 역부족했다. 용찬은 주변 여건이 좋지 못한 것을 느끼고 예정을 변경했다.

"그레고리, 내가 돌아올 동안 마왕성을 맡아라. 언제 돌아올지 장담은 못 한다."

"어디를 갔다 오시려는 겁니까, 도련님."

그레고리의 물음에 시선이 아이콘을 향한다. 그 아이콘은 다름 아닌 던전 탐사. 최근 공략한 마계의 던전과 달리 이것은 플레이어 진영 내 던전을 뜻했다.

"초반 장비를 얻으러 간다. 그렇게만 알고 있어라."

"알겠습니다. 그럼 루시엔 님과 쿨단 님께는 제가 알아서 설명드리도록 하겠습니다. 부디 무사 귀환하십시오, 도련님."

줄곧 바쿤을 위해 일해온 집사 그레고리다. 마왕성 시스템으로 인해 서포터가 되었다지만 충성심은 여전했다.

끼이이익.

고요해진다. 마계에서 맞이하는 여덟 번째 밤이다. 창 사이 붉은 달을 봐도 아직 마왕이란 것은 실감 나지 않았다.

[던전으로 입장합니다.]

[마왕성 플레이어 시스템으로 인해 진영이 일시적으로 설정

됩니다.]

손등으로 새겨지는 문신. 본인의 진영을 나타내는 표식이다. 용찬은 친숙한 나비 모양 문신을 보며 쓴웃음을 흘렸다.

"리미트리스 진영. 일시적이긴 하지만 참 개 같군."

서서히 붉은빛이 맴돈다. 이제 지정된 진영 내 던전으로 이동될 예정이다.

용찬은 점멸하는 시야 속에서 질끈 눈을 감았다. 그리고 다시 눈을 떴을 땐 이미 새로운 곳으로 이동되어 있었다.

[던전 프루나 입구로 이동했습니다.]
[파티원들이 자동으로 설정되었습니다.]

근처로 나타나는 리미트리스 진영 플레이어들. 시스템을 통해 직업별로 고루 설정된 것인지 각자 장비가 달랐다.

용찬은 그들을 무시한 채 아련한 눈길로 신전 입구만 바라봤다.

하멜의 진영은 총 다섯 곳이다.

동부의 페이튼, 서부의 언 다인, 남부의 쿤다, 북부의 리오스. 그리고 중앙의 리미트리스까지.

신의 사도로 선택받은 플레이어들은 이런 진영들로 배정받아 경쟁을 치러야 했다. 특히 첫 번째 목표는 각 진영 간의 경쟁의식을 형성했고, 플레이어들은 가장 먼저 클리어하기 위해 방해 공작 및 전쟁 등 어떤 행동도 서슴지 않았다.

하나, 첫 번째 목표는 도저히 진전이 없었고 5년이 지난 뒤에서야 플레이어들은 깨닫게 됐다.

'애초에 첫 번째 목표는 가망성이 없다는 것을.'

그 이후로 연합이 결성되어 두 번째 목표를 노린 것까지가 회귀 이전 대략적인 스토리다.

그리고 E급 던전 프루나. 사원 구조로 이루어진 저곳이 바로 용찬의 첫 던전이자 시작점이었다.

'시간대가 달라서 그런지 처음 보는 얼굴뿐이군.'

경계 어린 시선들이 느껴진다. 모두 서로에 대해 알지 못하는 초면이다. 이런 어색한 분위기는 당연했다. 게다가 이들도 튜토리얼 미션에서 다른 누군가를 희생시키고 생존한 자들일지도 몰랐다.

'누구도 믿지 못하는 것은 당연하겠지. 심지어 자기 자신도 믿지 못하는 놈들도 있었으니까.'

아련하던 회상이 끝난다. 프루나 공략의 본 목적은 오직 장비와 스킬이다.

용찬은 쓸데없는 감정들을 털어내며 먼저 입을 열려 했다. 그 순간, 도적 직업으로 보이던 플레이어가 나섰다.

"일단 던전을 공략하러 온 것은 모두 같으니까 간단히 통성명부터 하죠? 파티가 된 이상 협동심도 어느 정도 필요할 테니까요."

"그, 그건 그러네요."

"후우. 저도 그 말에는 동감입니다. 이런 분위기로는 던전 공략은 고사하고 호흡도 맞춰보기 전에 전멸할 겁니다."

한 명이 먼저 제의를 하자 모두 기다렸다는 듯 뒤따라 입을 열었다.

'저놈이 이번 파티의 리더 확정이군.'

각자 기본적인 정보창을 공개한다. 자기소개와 더불어 직업 및 등급을 확인하는 시간이다. 용찬의 입장에선 모두 햇병아리로밖에 보이지 않았지만 직접 나서지 않아도 된다는 점만큼은 만족스러웠다.

톡톡.

곁에 있던 여성이 어깨를 두들긴다.

"저기, 당신 차례예요."

"……"

벌써 차례가 돌아온 모양이다. 용찬은 망설임 없이 정보창

일부를 공개했다.

"어, 뭐야. 이 사람은 혼자 F급인데요?"

"여긴 E급 던전이니 E급 플레이어만 입장 가능한 게 아니었나요?"

"능력치도 약간 딸리는 것 같은데. 다른 파티원을 새로 구해 봐야 하는 것 아닙니까. 솔직히 전투는 무리일 것 같은데."

의문과 동시에 불만이 쏟아진다.

마왕성 플레이어에 대해 모르던 파티원들은 새로운 파티원까지 언급했다. 겉보기에도 비쩍 마른 몸이니 불만은 더욱 클터. 하나 용찬은 굳이 설명할 필요를 느끼지 못하고 침묵만 유지했다.

"자자, 다들 진정하세요. 간혹 이런 경우도 번번이 발생하기도 합니다. 용찬 님, 혹시 일시적으로 능력치를 올려주는 장비나 아이템을 가지고 계신 겁니까?"

"맞습니다."

"아, 역시 그래서였군요. 가끔 E급 수준은 되는데 정보창으론 F급으로 표기되는 분들이 한두 분씩 계십니다. 아마 용찬님도 그런 케이스겠지요. 용찬 님, 무투가 직업이신 데다가 체력이 그래도 다른 분들보다 높아 보이는데 탱커 역할을 맡아주실 수 있겠습니까?"

"알겠습니다."

상황은 순식간에 정리됐다. 파티원들은 그제야 이해를 하고 고개를 끄덕거렸다. 물론 일부는 비쩍 마른 용찬이 무투가란 것에 믿음이 안 간다는 눈치였지만 가볍게 무시했다.

'굳이 트러블을 일으킬 필요는 없지. 일단 저놈의 지시대로 따라준다.'

눈앞으로 파티 정보가 나타난다. 정보창을 공개한 파티원들의 이름, 직업, 등급이 표기됐다.

"자. 준비들 끝나셨으면 바로 입장하죠."

마침내 던전으로 입장하기 시작했다. 용찬은 묵묵히 선두를 유지하며 그들을 곁눈질했다.

'이놈들, 가장 중요한 것을 놓치고 있어. 과연 진짜 모르고 있는 것인지 아니면 일부러 언급을 안 한 것인지는 두고 보면 알겠지.'

의심스러운 눈길이 리더를 향하는 가운데 본격적인 던전 공략이 시작됐다.

최상열/E급/궁수, 민하나/E급/마법사, 진환희/E급/도적, 한채은/E급/성직자, 고용찬…… 현 파티의 인원은 5명. 소수 멤버치곤 적당히 조합이 갖춰졌다. 다만 리더를 자청한 환희가 도적인 이상 무투가인 용찬의 중요성은 더욱 강조됐다.

'문제는 성직자의 힐 스킬이 마왕의 몸인 나에게 적용되는가 인데.'

152

마족에게 신성력은 독이나 다름없다. 만약 힐 스킬이 통하지 않는다면 직접 아이템을 통해 회복할 수밖에 없었다.

[1층 신성한 복도]

계단을 내려가자 넓은 공간이 드러났다.

E급 프루나 던전은 이교도들이 차지하고 있는 신전.

환희는 기둥 사이로 보이는 신도들을 보며 신호를 보냈다.

"용찬 님, 선두를 부탁합니다. 하나 님과 상열 님은 바로 지원을 준비해 주시기 바랍니다."

"알겠어요."

"탱커가 영 믿음직스럽지 않지만 일단 따르도록 하죠."

불만이 툭툭 튀어나온다. 벌써부터 용찬을 약자로 취급하고 있는 것인지 상열의 태도는 건방지기 그지없었다.

용찬은 들은 척도 하지 않고 신도들에게 달려들었다.

"침입자다!"

"침입자를 처형하라!"

발소리에 반응한 E급 신도가 철퇴를 꺼내 들었다.

1층에 머무는 신도는 교단 내에서 최하위 서열. 마법 스킬은 사용하지 못했지만 힘 능력치는 상당히 높았다.

용찬은 그런 점을 잊지 않고 좌측으로 몸을 틀었다.

푹!

우측의 신도에게로 꽂히는 화살. 시선이 탱커에게 쏠리다 보니 원거리 플레이어들의 명중률은 꽤 높아진 상태였다.

[처벌이 발동됩니다.]
[철퇴의 위력이 증가합니다.]

붉게 물든 철퇴가 용찬의 머리를 노렸다. 용찬은 간신히 균형을 유지하며 뒤로 몸을 뺐다. 그리고 빠르게 보폭을 줄이며 주먹을 움켜쥐었다.

[붕권이 발동됩니다.]

던전을 클리어하며 새로 얻은 스킬 붕권. 단숨에 거리를 좁혀 상대의 복부를 가격하는 무투가 전용 스킬이었다.

퍼억!

신도의 신형이 뒤로 밀린다. 예상치 못한 고통에 인상이 구겨졌지만 금세 철퇴를 치켜들었다.

그 순간, 배후를 노리던 환희의 시미터가 신도의 등을 갈랐다.

"크윽. 빌어먹을 침입자 놈들. 절대 용서치 않으리라!"

"용찬 님, 다시 접근 부탁…… 젠장. 뒤입니다!"

화살에 적중당했던 다른 신도가 용찬의 뒤로 접근했다.

퍽!

화끈한 고통이 전해진다. 큰 피해는 아니었지만 등이 욱신 거렸다.

'햇병아리란 것은 알고 있었지만 다른 한 놈도 제대로 견제 못 할 정도였다니.'

싸늘한 시선이 상열을 향했다. 그는 순간적으로 몸을 움찔 거렸지만 이내 어쩔 거냐는 표정으로 노려보기 시작했다.

그사이 하나는 마법 캐스팅을 거의 끝내고 있었고 채은은 재빨리 용찬에게 힐 스킬을 시전했다.

[따스한 손길이 적용됩니다.]

[회복 불능. 마족의 신체로 인해 신성력을 받아들이지 못합니다.]

예상대로 힐이 통하지 않는다. 다행히 역효과는 나지 않았 지만 성직자의 도움을 받지 못한다는 것은 꽤 치명적이었다.

"어, 어라. 왜 치료가 안 되는 거지?"

"이런. 하나 님, 마법 스킬은 언제쯤 되는 겁니까?"

"막 캐스팅이 끝났어요!"

탱커의 회복이 지연되자 환희가 직접 다른 신도의 시선을 끌었다.

단 한 번 꼬이기 시작하자 금세 혼란스러워진 상황.

상열도 자신의 잘못이라는 것은 느끼고 있던 것인지 화살을 아끼지 않았다.

"죽어라, 침입자!"

탱커 홀로 신도 한 명을 맡게 된 상황.

'쯧. 어쩔 수 없지.'

마법사인 하나가 다른 신도를 처리해 주기 전까지 최대한 버텨야 했다.

[심판이 발동됩니다.]
[반격이 발동됩니다.]

횡으로 파고들던 철퇴가 위력을 잃고 바닥으로 떨어진다.

'익숙한 패턴!'

신도의 손목을 잽싸게 꺾어버린 용찬은 그대로 안면을 후려쳤다.

"아아아아악!"

그사이, 하나의 화염 마법이 작렬했는지 환희를 노리던 신도의 몸이 불타오르기 시작했다. 환희와 상열은 그 틈을 놓치지 않았고 신도를 빠르게 마무리 지은 뒤 잽싸게 용찬 쪽으로 고개를 돌렸다.

"쿠에엑!"

둥그런 기둥에 부딪혀 그대로 혼절해 버리는 신도.

홀로 적을 상대하던 용찬은 거친 숨을 진정시키며 전투를 마무리 지었다.

"……탱커가 혼자?"

"우, 우연이겠죠?"

"……."

두 눈이 휘둥그레진다. 능력치도 별로 높지 않던 F급 무투가가 홀로 신도를 제압해 버렸다.

"이, 일단 혼절한 신도부터 처리하도록 하죠."

당황해하는 사이 다른 신도가 나타날지 몰랐다.

환희는 의문 가득한 눈길로 용찬을 훑어보며 마지막 신도를 처리했다.

던전 진입은 잠시 중단됐다. 이유는 바로 탱커의 치유 불능 때문이었다.

"용찬 님, 아까 힐 스킬이 통하지 않았던 것 같은데 어떻게 된 것인지 설명해 주실 수 있겠습니까?"

탱커가 무너지면 파티 전체가 무너진다. 홀로 신도를 제압한 실력을 떠나 생명력 관리는 모두를 위해 꼭 필요했다.

용찬은 인벤토리에서 작은 물병을 꺼내 들이켰다.

"제가 착용하고 있는 장비 중 신성력을 거부하는 대신 육체적인 능력치를 일시적으로 끌어 올려주는 반지가 있습니다. 아마 그것 때문인 것 같군요."

"으음, 용찬 님. 그런 건 던전에 입장하기 직전 미리 말씀해 주셔야……."

"그것은 죄송하게 생각합니다. 하지만 힐 스킬 없이도 저 혼자 충분히 감당할 수 있습니다. 우선 인벤토리에 있는 포션으로 치료할 테니 아예 힐 스킬은 다른 분에게 집중해 주시기 바랍니다."

두 가지 의문이 동시에 해결됐다. 하나, 이해한 것과 달리 불만은 아직까지 가시지 않은 모양이었다.

"꾹 입 다물고 있다가 이제 와서 설명해 주는 꼴이라니. 나 참. 어이가 없어서."

"어쩐지 믿는 구석이 있는 것 같더라니. 값비싼 포션들과 능력치 상승 장비들로 무장하고 있었잖아. 저래놓고 아까 나를 노려보더라니까요."

"그, 그러면 저는 이제부터 누구를 집중적으로 치유해 주면 되는 건가요?"

특히 상열은 몹시 마음에 들어 하지 않았다. 이제는 전투 도중 느꼈던 시선까지 걸고넘어지며 아예 분위기를 주도적으로 이끌기 시작했다.

"환희 님. 아무리 그래도 탱커가 저러면 저희들은 믿고 전투를 하기 힘듭니다. 자칫 잘못해서 선두가 뚫리기라도 한다면 그땐 누구를 원망해야 한단 말입니까."

당연히 용찬 탓이다. 상열은 그것을 알면서도 뻔뻔하게 말을 돌려 항의했다.

'이제는 마음에 들지 않으니 아예 배척하겠다는 건가.'

절로 웃음이 나온다. 미리 설명 못 해준 것은 분명 잘못이었지만 자기 몫도 제대로 못 하는 궁수가 저러니 어이가 없었다.

"후우, 일단 용찬 님이 혼자 몬스터를 감당할 수 있는 것 같으니 계속 진행해 보겠습니다. 용찬 님, 포션이 다 떨어지거나 개인적으로 위험하다고 느끼는 즉시 저에게 신호를 보내십시오. 그러면 바로 제가 교체해 드리도록 하겠습니다. 그리고 하나 님."

"……저기, 아까도 느꼈지만, 그 호칭 좀 그렇지 않나요."

"그, 그러고 보니 그렇군요. 알겠습니다. 그러면 이제부터 하나 양이나 하나 씨라고 부르도록 하겠습니까. 괜찮겠죠?"

"하나 님보다 나을 것 같네요."

어색한 분위기 속 웃음꽃이 피어오른다. 환희는 다소 반전된 분위기를 느끼며 하나에게 마저 설명해 주었다. 그리고 정리가 끝나자 파티는 다시 던전 탐사를 계속 이어갔다.

그 이후 불안해하던 것과 달리 파티는 원활히 돌아갔다. 처음엔 호흡이 맞지 않던 그들도 지하 2층으로 내려가자 어느 정도 서로에게 익숙해지고 있었다.

그리고.

"크어억!"

가장 우려했던 용찬 역시 단 한 번도 후방으로 빠지지 않고 선두를 잘 지켜주고 있는 상태였다.

"지금까지 포션도 거의 안 마셨죠?"

"힐 스킬도 받지 않고 저 정도라니. 성격은 좀 그런 것 같지만 그래도 엄청 대단한 것 같아요."

"칫. 장비 빨이에요, 장비 빨. 보니까 스킬도 처음부터 레어급 이상으로 얻은 것 같은데 저것들이 없으면 애초에 버티지도 못했을 거라고요."

나름 대화가 트인 파티원들이 제각기 용찬을 평가했다.

상열은 끝까지 인정하지 않고 있었지만 놀랍긴 한 것인지 전투 때마다 당황스러워하는 것은 동일했다.

"게다가⋯⋯."

용찬이 또 한 번 발판을 가리킨다. 벌써 다섯 번째 함정 발견이다. 뒤에서 지켜보고 있던 하나는 고개를 갸웃거리며 다른 파티원들에게 물었다.

"여기 미 클리어 던전 맞긴 한 거죠?"

"아마 맞을 거예요. 제 기억 상으로도 프루나는 클리어 횟수가 0이었으니까요."

"혹시 저 사람, 던전을 탐사하다 실패해서 홀로 살아남은 생존자 아닐까요."

던전에서 전멸하는 일은 하멜에서 일상이나 다름없었다.

누군가 한 명이라도 실수하게 되면 그 즉시 목숨이 오가는 상황이 벌어지고, 다른 누가 희생하며 파티가 유지되는 경우도 다분했다.

그런 가운데 던전 내 구조를 꿰뚫고 있는 용찬은 프루나에 대한 사연이 매우 깊어 보였다.

"만약 그렇다면 저런 성격도 어느 정도 이해되긴 하네요."

"아무리 그렇다고 해도 전 마음에 안 듭니다. 누군 사연이 없답니까. 저렇게 파티에 협조적이지 않은 놈들은 다른 사람에게 피해만 줄 뿐입니다."

"하긴 그렇긴 하죠."

물론 그렇다고 해서 감정적으로 대하는 일은 결코 없었다. 파티원들은 열리기 시작한 3층 입구를 보며 천천히 발걸음을 옮겼다.

🐐

'드디어 지하 3층이군. 여기서부턴 방심하는 순간 파티가 전멸한다.'

프루나가 미 클리어 던전인 것은 다 이유가 있다. 특히 신전의 지하 3층부터는 마법을 다루는 사제들이 출현했다.

'2층까진 패턴을 모두 꿰고 있어 그나마 버틸 만했지만 여기서부턴 아니지.'

회귀 이전 당시에도 큰 고생을 겪었던 용찬은 기억을 곱씹으며 주변부터 체크했다.

[마왕성 플레이어 기능이 새로 업데이트됐습니다.]

못 보던 아이콘이 둥둥 떠다닌다. 마법진 문양의 그림으로 보아 소환에 관련된 기능이다.

[마왕성 병사 소환]

[바쿤 등급:F(등급의 영향으로 인해 소환 가능 인원은 1로 조정됩니다.)]

[1. 루시엔]

[2. 쿨단]

던전과 미션에 최적화된 것인지 예상 못 한 아군이 생겨났다.

'마왕성 플레이어답게 병사들도 데리고 다닐 수 있다는 건가. 확실히 도움이 되긴 하겠지만 당장 소환해 봤자 의심만 더 살 거야. 우선 최후의 수단으로 남겨둔다.'

하하호호하는 파티원들 사이로 나비 모양 문신들이 드러난다. 현재까지 문신이 보이지 않는 인물은 단 두 명. 바로 환희와 상열이었다.

용찬은 그런 두 명을 주시하며 다음 방으로 진입했다.

[지하 3층 의식의 방]

가장 먼저 보이는 것은 제단 앞에서 기도를 하고 있는 사제 세 명. 근처에 있는 신도들까지 포함했을 때 사제들은 최대한 빠르게 제거해야 했다.

'저기 있군.'

제단 위로 백색 장갑이 보인다. 프루나 던전에서 얻어야 할 두 가지 목표 중 하나다. 지하 3층 내에 보스 방이 존재하는 것을 고려해 봤을 때 이곳에서 반드시 장비를 얻어야 했다.

"제단 근처에 처음 보는 놈들이……."

"사제입니다."

"으음, 역시 용찬 님은 프루나를 온 적이 있으셨군요. 사제라면 어떤 스킬을 사용합니까?"

"주로 속박용 마법 스킬을 사용합니다. 신도의 숫자도 제법 많으니 환희 님께서 사제 중 한 명을 빨리 끊는 게 관건일 겁니다."

의심스러운 눈빛이 시미터를 향한다. 이전까지 전투 속에서 그다지 위력이 높지 않던 장비다. 하나 아무리 성능이 낮은 장비라고 하더라도 환희의 직업은 도적이었다.

'첫 번째 전투에서도 배후를 선점하고도 신도를 일격에 끝내지 못했었지. 도적 직업 특성상 치명타가 극대화된다는 것을 생각해 봤을 때 지금 이놈의 위력은 말이 안 돼.'

스킬과 특성도 거의 사용하지 않던 리더다. 용찬과 파티원의 화력에 묻어가고는 있었지만 일부러 실력을 드러내지 않는 것이 뻔히 보였다.

"……."

"가능하시겠습니까?"

환희의 안색이 일순 굳어버렸다. 순간적으로 눈동자에 살기가 맺혔지만 파티원을 의식했는지 표정을 바꾸었다.

"끄응. 잘될지는 모르겠지만 노력은 해보겠습니다."

"알겠습니다. 바로 지시를 내려주시죠."

"그러죠. 하나 니…… 아니지. 하나 씨, 마력은 어느 정도 회복되셨습니까?"

전투 직전 최종 점검이 이어진다. 능구렁이처럼 의심을 회피한 환희는 미리 하나에게 마법 캐스팅을 지시하며 준비를 마쳤다.

그리고 용찬이 재차 선두로 나서며 전투가 시작됐다.

'남은 포션은 3개. 원래라면 최대한 아끼려고 했지만 신성력이 통하지 않는다는 것을 확인했으니 쓸 수밖에 없겠어.'

튜토리얼 미션에서 얻은 최하급 포션은 다섯 개다. 하멜에서 포션의 희귀함을 생각해 봤을 때 되도록 아껴야 했다.

하나 파티의 탱커를 맡은 이상 선택권은 없었다.

"침입자다!"

"이 신성한 곳에 감히 발을 들여놓다니. 이번 의식의 제물로 만들어주마!"

"죽여…… 컥!"

철퇴를 꺼내 들던 신도가 쓰러진다. 견제용으로 날린 화살이 미간에 꽂힌 모양이다.

"주, 죽은 건가?"

"우와. 상열 님, 일격이에요, 일격. 이것도 노리신 거죠?"

"아하하. 이 정도쯤이야. 기본입니다."

부자연스러운 웃음소리가 들려온다. 우연의 일치라곤 하나 시작부터 흐름이 좋았다.

용찬은 마법을 준비 중인 하나를 확인한 뒤 정면으로 달려들었다.

'저 병신 같은 놈이 그래도 한 놈을 처치해 준 덕분에 신도는 세 놈으로 줄어들었군. 최대한 사제의 속박 스킬을 피하면서 시간을 번다.'

기둥에 숨어 제단 뒤로 돌아가는 환희. 미리 압박을 준 것이 효과가 있었는지 움직임이 이전과 달랐다.

"죽어라. 침입자!"

"신성한 의식을 훔쳐본 대가를 치러라!"

"베룸 님의 가호가 함께한다!"

동시에 세 놈이 달려든다. 용찬은 가장 먼저 붕권으로 우측 신도를 밀어냈다. 그리고 철퇴의 사정거리를 고려해 다른 신도들과 거리를 줄였다.

파악!

균형을 잃고 뒤로 밀려나는 신도의 몸. 위력은 그다지 없었지만 어깨로 밀친 덕분에 틈이 생겼다.

용찬은 곧바로 한 놈의 안면을 강타하며 바닥으로 다운시켰다. 그 순간, 사제들의 지팡이가 빛을 발했다.

[속박이 발동됩니다.]

푸른 사슬들이 날아온다. 옷깃이라도 스치는 즉시 몸이 굳어버리는 속박 스킬들이다.

어느 정도 타이밍을 재고 있던 용찬은 잽싸게 바닥을 굴렀지만 신도 두 명의 철퇴만큼은 피하지 못했다.

"크으윽!"

욱신거리는 오른팔. 자세히 살펴보니 가느다란 팔이 옆으로 꺾여 있었다.

"어, 얼른 뒤로 물러나세요, 용찬 님!"

채은이 다급히 손짓한다. 파티원 중 그나마 상열의 분위기에 휩쓸리지 않은 성직자다. 하나, 환희가 후위로 돌아가는 지금 탱커가 빠졌다간 그대로 파티는 전멸이었다.

슈슈슉!

화살 세 발이 동시에 날아온다.

상열도 파티 전체가 위험하다는 것을 인지했는지 스킬을 아끼지 않았다.

"마법은 언제쯤 됩…… 젠장!"

"어. 아, 지금 거의 다 됐어요!"

"캐스팅이 끝나는 즉시 사제들 쪽으로 날리십시오."

"하지만 그렇게 되면……"

신도들에게 둘러싸인 용찬이 위험해진다. 아무리 마음에 안 들더라도 탱커를 맡은 자를 그냥 내버려 둘 순 없었다.

"무엇을 망설이고 계십니까, 하나 씨. 자기가 해달라잖습니까. 뭐, 믿을 만한 구석이 있으니까 저러는 거겠죠. 포션도 더 남아 있는 것 같은데 그냥 저놈 말대로 하세요!"

"……알겠어요."

신경질적인 그의 말에 살짝 불편해진 기색으로 하나가 사제들을 응시했다. 그사이, 용찬은 반격을 통해 신도들의 공격을 아슬아슬하게 피해냈다.

상열의 말과 달리 포션도 제대로 먹지 못하고 있는 상황.

[급습이 발동됩니다.]

마침내 환희의 시미터가 사제의 목을 갈랐다. 곁에 있던 사제들은 즉시 지팡이를 휘두르며 거리를 벌렸다.

그 순간, 하나의 지팡이가 불을 뿜어냈다.

[화염구가 발동됩니다.]

두 명의 사제에게로 작렬하는 화염구. 제때 반응하지 못한 그들은 큰 비명 소리를 지르며 고통스러워했다. 뒤로 물러나던 환희는 틈을 놓치지 않고 잽싸게 마무리 공격을 가했다.

털썩!

드디어 사제들이 쓰러졌다.

파티원들은 그제야 용찬 쪽으로 고개를 돌리며 그를 도와 나머지 신도들을 처리하기 시작했다.

우드득.

꺾인 팔이 강제로 맞춰진다. 인상이 구겨졌지만 이대로 포선을 마셨다간 뼈가 어긋난 채로 회복될 가능성이 컸다.

[최하급 포션을 복용했습니다.]

동시에 포션 두 병이 사라졌다. 남은 포션은 단 한 병.

보스방을 생각한다면 약간 아슬아슬하긴 했지만 이제는 새로운 장비의 덕을 볼 시간이었다.

[제단장의 장갑을 획득했습니다.]

마치 예식장 장갑처럼 생긴 백색 장갑이 손에 들어왔다. 그 순간, 휴식을 취하고 있던 상열이 태클을 걸어왔다.

"어이, 잠시만. 지금 손에 쥔 거 그거 장비 아니야? 전투 내내 장비는커녕 제대로 된 아이템도 안 들어오고 있는데 너 혼자 몰래 독차지하려고? 그건 절대 안 되지!"

파티를 진행하는 도중 파티원이 얻은 장비는 모두에게 메시지로 공유된다. 이젠 존대도 사라진 상열은 그것을 이용해 용찬을 다시 몰아가려 했다.

"어라, 진짜네요."

"그렇다니까요. 모두 함께 고생하며 전투를 마쳤는데 혼자 장비를 획득하려 하다니. 저게 말이 됩니까?"

"하, 하지만 이번 전투는 용찬 님이 가장 고생하셨으니 전 괜찮다고 생각해요."

"예?"

예상과는 다르게 분위기가 흘러갔다. 채은의 대답에 당황한 상열은 다급히 환희에게로 고개를 돌렸다. 하나, 그도 가볍게 어깨를 으쓱이며 고개를 저을 뿐, 대답은 하지 않았다.

결국 상열은 유일하게 자신의 말에 동감하던 하나를 쳐다봤다.

"……저도 이번만큼은 괜찮다고 생각해요. 그리고 전투 도중 저한테 윽박지르면서 지시 내리려 하지 마세요. 그거 진짜 기분 나쁘거든요."

"아, 아니, 갑자기 그게 무슨!"

"어쨌든 전 더 이상 할 말 없어요. 굳이 따지려거든 혼자 따지던가요."

줄곧 분위기에 이끌려 가던 하나도 고개를 휙 돌려 버렸다. 그제야 상열은 자신의 실수를 깨닫고 식은땀을 흘렸다.

어찌 보면 제 무덤을 판 셈.

가만히 지켜보고 있던 환희는 뒤늦게 일어나 상황을 정리했다.

"일단 이번 전투에서 가장 고생하신 것은 용찬 님이시니 저도 장비는 용찬 님이 가지시는 게 맞다고 생각합니다. 여태까지 탱커 역할도 제대로 해주시고 계시고 더 이상 불만을 가질 필요는 없겠죠. 그나저나 혹시 그 장갑의 정보창을 공유해 주실 수 있겠습니까?"

"별로 쓸모없는 장비라서 공개할 필요도 없을 것 같습니다. 확인해 보니 내구도가 약간 높을 뿐 지금 이것보다 좋진 않더군요."

"으음. 알겠습니다. 그럼 휴식도 많이 취했으니 슬슬 다음 방을 향해 가보도록 하죠."

짧은 순간 환희의 눈빛이 제단장의 장갑을 향했다. 다른 파티원들은 눈치채지 못한 모양이지만 용찬은 아니었다.

'날 경계하는 건가. 역시 무언가 숨기는 게 있나 보군.'

기둥을 돌 때의 움직임, 사제를 노릴 때 발동했던 급습 스킬, 그리고 계속 관찰하는 듯한 눈빛까지. 수상한 게 한두 가지가 아니었다.

"하, 하나 씨. 아까는, 그래, 너무 상황이 촉박하다 보니 목소리가 높아졌던 것뿐입니다. 오해하지 말아주십시오."

"그러면 지금 저 혼자 착각하고 있다, 이 말씀이신가요?"

"아, 아니, 그게 아니라……."

땀을 뻘뻘 흘리며 설득하려는 상열이 보인다. 용찬 때문만이 아니라 개인적으로도 그녀가 마음에 든 모양이다.

하지만 뜻대로 되지 않자 결국 그는 어깨를 축 늘어트리며 한숨을 내쉬었다.

그때 상열의 벌어진 목깃 사이로 문신이 보였다.

'……이제 한 놈 남은 건가.'

상열까지 확인이 완료됐다. 용찬은 아직까지 문신이 보이지 않는 환희를 쳐다보며 제단장의 장갑을 집어넣었다.

베룸을 떠받드는 타일러스 교. 하멜에서 세 번째로 세력이 큰 이교도다. 그들은 음지에서 마의 힘을 통해 권속을 늘려갔고, 각지에 신전을 세워 잘못된 신앙을 전파했다.

프루나 또한 타일러스 교의 신전 중 한 곳. 총 지하 3층 구조로 이루어진 신전은 최하위 신도에서부터 사제, 그리고 고위 사제까지 출몰하여 침입자들을 배제해 왔다.

'프루나의 보스는 고위 사제였지. 희생 스킬을 통해 광역 피해를 주는 만큼 각별히 주의해야 돼.'

회귀 이전에도 거의 전멸 직전까지 갔던 파티다. 고위 사제를 상대하기 위해 세 명이나 희생됐던 것을 떠올려 볼 때 보스방은 매우 위험했다.

[3층 희생의 문]

눈앞으로 커다란 문이 보인다. 보스가 도사리고 있는 마지막 방 입구다.

용찬은 자신을 주시하는 시선을 느끼며 예정을 변경했다.

'아직 정확히 드러난 것은 없지만 적어도 나에게 날을 세우고 있는 놈이야. 무언가 숨기고 있다면 나도 전부를 드러낼 필요는 없어.'

장비의 정보를 숨긴 것마저 의심스러워하고 있는 환희다. 미리 거짓 정보를 푼 만큼 일부는 숨겨야 했다.

[제단장의 장갑을 착용했습니다.]
[낙뢰의 기운이 깃듭니다.]
[낙뢰 효과를 일시적으로 차단합니다.]

익숙한 착용감이 느껴진다. 1회 차 당시 무투가의 능력을 두 배로 키워준 초반 장비다.

뒤에 있던 상열은 마음에 안 든다는 눈치로 쳐다봤지만 주도적으로 돌아가던 분위기는 끝난 지 오래였다.

"드디어 마지막 방인 것 같군요. 용찬 님, 혹시 보스는 어떤 놈인지 알고 계십니까?"

"이교도의 고위 사제입니다. 주로 신도들을 이용해 희생 스킬을 사용하니 정면으로 접근은 힘들 겁니다."

"으음, 혹시 놈의 패턴이라거나 주의해야 할 사항 같은 것은 없습니까?"

"제가 본 바로는 희생 스킬을 사용할 때 대상이 된 신도의 몸이 붉게 변합니다. 순간적으로 고위 사제도 무방비 상태가 되지만 다른 신도들이 막으니 공격하기가 상당히 어려울 겁니다. 제 생각엔 그것만 조심하면 될 것 같군요."

모두가 프루나의 생존자라고 오해하고 있는 상황이다. 보스 방의 경험이 있는 용찬의 설명은 가장 중요한 핵심 포인트로 적용됐다.

"그거 정말 사실 맞아? 나중에 틀리면 책임지라고."

"이럴 때까지 구질구질하게 따지실 건가요. 가뜩이나 선두를 맡은 사람이 보스 방에 대해 거짓 정보를 알려줄 리 없잖아요."

"저, 전 혹시나 파티가 전멸할까 걱정……."

"제 말이 틀린가요, 상열 님?"

단숨에 상열의 입이 다물어진다. 한 번의 실수가 아군을 오히려 적으로 만든 셈이다.

하나는 그를 노려본 뒤 재차 고개를 휙 돌려 버렸다.

[보스 출현, 고위 사제 판토닉이 나타났습니다.]

푸른 로브를 걸친 사내가 모습을 드러낸다. 무려 20여 명의 신도를 이끄는 고위 사제다. 다행히 사제는 없었지만 신도들만으로도 압박감은 엄청났다.

'우선 채은 님은 아까 전처럼 저에게 힐을 집중해 주시고, 이번에도 용찬 님은 선두에서 시선을 끌어주십시오.'

'힐도 받지 못하는 용찬 님 홀로는 위험하지 않을까요. 혹시 그 반지는 못 빼시는 거예요?'

'효과가 효과인 터라 페널티인 저주가 걸려 있습니다. 아마 저주를 풀기 전까진 빼지 못하겠죠.'

보스 방 입장 전 대화가 떠오른다. 환희가 결정 내린 작전은 지극히 간단했다.

'확실히 위험하긴 합니다. 하지만 상열 님과 하나 씨가 집중적으로 용찬 님을 지원해 주시고 그동안 제가 고위 사제에게 접근한다면 충분히 가능성이 있는 작전입니다.'

'그렇다면 희생 스킬은 어떻게 하죠?'

'틈을 봐서 스킬 시전 도중인 놈을 칩니다. 물론 일격에 사망하진 않겠지만 적어도 캐스팅은 끊을 수 있겠죠. 이런 식으로 용찬 님과 제가 돌아가면서 시선을 끌고 희생 스킬 때마다 캐스팅을 끊어 피해를 줄여보겠습니다.'

이중 미끼, 아니, 정확히는 이중 미끼를 가장한 용찬의 희생 미끼 작전이다.

'옹호해 준다 싶었더니 결국 이런 식으로 몰아넣는군.'

20여 명의 신도가 걸어온다. 모두 처벌을 통해 철퇴의 위력을 강화한 상태다.

용찬은 파티원 몰래 잎사귀를 꺼내 씹었다.

"침입자 놈들, 기어코 이곳까지 침범했구나. 모조리 희생양으로 만들어주마!"

"베룸의 가호가 깃들기를!"

"베룸이시여, 저 침입자들에게 천벌을!"

마침내 전투가 시작됐다. 상열은 즉시 정면의 신도들에게 화살 세례를 뿜어내기 시작했고 하나는 마력을 끌어모으며 캐스팅을 준비했다. 그리고 환희의 신호에 맞춰 용찬이 주위를 빙빙 돌기 시작했다.

"죽어라!"

탱커에게로 집중되는 시선. 신도들은 제각기 사방에서 철퇴를 휘두르며 용찬을 위협했다.

슈웅!

매서운 기세로 철퇴가 허공을 가른다.

그나마 상열의 지원 덕분에 접근해 오는 숫자는 제한됐지만 아직까지 불리한 것은 매한가지다.

'단 한 방이라도 맞는 즉시 떼로 달려들겠군. 이럴 땐 붕권보단 반격이다.'

전투 돌입과 동시에 파괴의 반지가 효과를 발했다. 용찬은 정면으로 쇄도하는 철퇴를 막아낸 뒤 신도의 다리를 그대로 걷어찼다.

"크윽!"

"빌어먹을 놈. 이거나 먹어…… 커억!"

"내, 내가 또 맞췄어!"

목덜미를 부여잡고 쓰러지는 신도, 우연의 일치인 것인지 이번에도 후방의 적이 일격에 즉사했다.

'저놈, 설마 운 능력치만 높은 건가.'

명중률도 심각히 떨어지는 상열이다. 아무리 화살을 퍼붓고 있다지만 연달아 급소를 적중시킨 것은 능력치 상으로 말이 안 됐다.

"하찮은 놈들. 숭고한 희생으로 재로 만들어주마!"

"저, 저기 신도가 붉게 물들었어요!"

예상대로 희생 스킬이 발동됐다. 가장 첫 번째 희생양은 용찬 근처에 있던 녹색 무늬 로브의 신도. 그는 죽음도 두렵지 않은 것인지 잽싸게 파티원들 쪽으로 달려갔다.

"까아아악!"

"야, 이 멍청한 새끼야. 뭐 하고 있어. 얼른 저놈부터 막으라고!"

"그전에 화살이라도 맞춰보라구요!"

신도의 몸이 점점 진홍빛으로 물들어간다. 마치 자폭 병사처럼 희생을 각오하고 뛰어오는 모습이다.

그 순간, 지팡이를 들어 올리고 있던 판토닉의 몸이 휘청거렸다.

[희생 스킬이 강제 취소됩니다.]

본래 색으로 돌아오는 신도의 몸. 작전대로 배후를 선점하는 데 성공했는지 급습을 감행한 환희가 보이고 있었다.

"크으윽. 감히 신성한 희생을 방해하다니. 신도들이여, 이놈에게 영원한 안식을 선사하여라!"

신도들이 동시에 등을 돌린다. 이제 목표는 탱커가 아닌 도적이 됐다.

그 순간 용찬은 도리어 그들에게로 파고들며 재차 시선을 끌어모았다. 그리고 마침 마법 캐스팅이 완료된 하나가 지팡이를 치켜들었다.

"마법 준비 다 됐어요. 죽기 싫으면 알아서 피하세요!"

또 한 번 불을 뿜어내는 지팡이.

용찬은 날아오는 화염구를 보고 잽싸게 바닥을 굴렀다.

콰아아앙!

신도들의 몸이 불타오른다. 정확히 그들의 중심으로 직격한 화염구다.

환희를 견제하던 판토닉은 그제야 상황을 인지하고 괴상한 주문을 중얼거렸다.

[화상 상태의 신도들이 회복됩니다.]
[신도들의 내구력이 상승합니다.]
[신도들의 마법 저항력이 상승합니다.]

푸른빛으로 반짝이는 눈동자. 불길에 고통스러워하던 신도들은 버프를 받고 다시 활기를 되찾았다. 그리고 더욱 강해진 기세로 용찬을 노려봤다.

'마법사보단 우선 거슬리는 나부터 처치하겠다, 이건가. 버프에 대해선 미리 설명해 주지 않았지만 의심받지 않으려면 이 정도가 적당하겠지. 우선 저놈을 주시하면서 최대한 버텨야겠어.'

입안으로 특유의 풀 내가 퍼진다. 용찬은 당황한 파티원들을 내버려 두고 재차 버티기에 들어갔다.

　　　　　　　　　　🐐

지팡이로 마력이 공명한다. 벌써 다섯 번째 스킬 발동이다.

슬슬 패턴에 익숙해진 환희는 재차 판토닉에게로 달려들었다.

"크윽! 건방진 녀석, 신도들은 무엇들 하는 것이냐? 어서 저놈을 처치하지 않고!"

고위 사제는 근접전에 취약하다. 보통 사제처럼 마법 스킬만 익힌 놈이다 보니 이런 식으로 신도를 이용하고 들었다.

하나, 그것을 가만히 둘 파티원들이 아니었다. 선두를 맡고 있던 용찬은 체력의 한계를 느끼면서도 재차 달려들었다.

그리고 후방의 하나가 또 한 번 마법을 적중시키면서 시선은 다시 그들에게로 모여들었다.

"판토닉 님의 명을 따라야 한다!"

"하지만 저놈도 매우 위험합니다!"

앞뒤로 갈팡질팡하는 신도들은 버프를 통해 전력이 상승했다지만, 숫자는 절반가량으로 줄어들어 있었다.

'전투를 시작한 지 한 시간 정도가 흘렀나? 슬슬 마력과 기력이 부족할 시간이야. 하지만 고위 사제 놈도 거의 죽기 직전인 상태다.'

절로 시선이 용찬을 향한다. 성직자의 지원도 없이 홀로 선두를 맡은 그는 이미 전신이 만신창이였다.

환희는 손에 찬 백색 장갑을 보며 판단을 내렸다.

'저게 어떤 장비인지는 모르지만 저놈은 일부러 효과를 숨겼어. 느낌상 저놈이 가장 위험할 것 같단 말야. 아무리 능력치 상승 장비를 차고 있다지만 여태까지 보여준 움직임은 멍청한 초보자 플레이어 수준이 아냐. 프루나 던전에 대한 경험이 있는 것도 수상하고. 우선 저놈부터 제거한다.'

파티원 모두가 지친 상황이다. 특히 채은의 힐이 자신에게로 집중되는 가운데 시선이 몰려 있는 탱커는 저주의 사실 유무를 떠나 처치하기 가장 쉬운 대상이었다.

"환희 님!"

마침 신도의 몸이 붉게 물들었다. 이것으로 여섯 번째 희생 스킬이다.

판토닉과 거리를 벌리고 있던 환희는 캐스팅을 끊기 위해 또한 번 달려들었다. 아니, 정확히는 달려드는 척만 했다.

"제, 젠장. 이번에는 약간 타이밍이 빠릅니다. 다들 멀리 떨어지세요!"

"네? 아니, 그게 무슨!"

"빌어먹을. 난 이런 데서 죽을 몸이 아니라고!"

예상과 다른 전개에 모두가 속는다. 하나 다급히 도망치는 파티원들과 달리 발이 묶인 탱커는 후퇴가 불가능했다.

"……."

혼란 속에서 마주치는 두 시선.

순간적으로 용찬의 살기에 몸이 움찔거렸지만 소용없었다. 환희는 부풀어 오르는 신도의 몸을 보며 그에게 마지막 조소를 선사했다.

퍼어어엉!

그리고 폭발한 신도를 마지막으로 시야가 가려졌다.

"콜록, 콜록! 도대체 어떻게 된 거죠?"

"저, 저도 잘 모르겠어요. 방금 전 희생 스킬이 예상보다 빠르게 발동됐다는 것은 듣긴 들었는데. 자세한 것은 저도 잘……."

"이럴 것 같더라니. 설명이고 자시고 필요 없습니다. 결국 탱커 놈의 말은 전부 사실이 아니었다는 겁니다. 신도들의 버프도 그렇고 지금 저희는 그 멍청한 놈 때문에 전부 죽을 뻔했잖습니까. 전 이런 상황을 어느 정도 미리 예상하고 있었습니다."

헐레벌떡 도망치던 자가 어느새 우쭐해 한다. 왜 그때 자신을 안 믿었냐는 표정이다.

하나는 한심한 눈초리로 그를 쳐다봤다.

"정말 갈수록 가관이네요. 보스 방을 클리어한 것도 아니고 그저 경험이 있다는 정도인데 전부 다 알고 있을 리가 없는 것 아닌가요. 게다가 아까도 가장 먼저 도망치던 사람이 누구였죠."

"으윽! 하, 하나 씨! 왜 자꾸 저놈 편을 드시는 겁니까? 처음 때만 해도 저처럼 놈을 마음에 안 들어 하셨잖습니까?"

"그땐 그때구요. 그리고 제가 언제 편을 들던가요. 그저 있는 그대로 사실만 말씀드린 건데 도대체 혼자서 무슨 착각을 하고 계신 거죠?"

표정이 꽉 일그러진다. 이전과는 확연히 다른 태도다.

'이 개 같은 년이 보자 보자 하니까.'

더 이상 참지 못한 상열은 난폭히 팔을 휘두르려 했다. 그 순간, 뿌연 연기가 걷히며 비명 소리가 들려왔다.

[고위 사제 판토닉을 제거했습니다.]

[던전 프루나를 공략했습니다.]

[보상이 지급됩니다.]

가장 먼저 보인 것은 쓰러진 판토닉의 뒤로 폭발이 일어나는 틈을 타 기습에 성공한 것인지 환희가 보였다. 파티원들은 소멸한 신도들을 확인하고 안도의 한숨을 내쉬었다.

"그래도 던전은 클리어……."

문득 바닥으로 쓰러진 용찬이 보인다. 다른 파티원과 달리 희생을 피하지 못한 탱커다.

채은은 꼼짝도 안 하는 그의 모습에 입을 막고 경악했다.

"세상에."

"……던전은 클리어했지만 희생도 뒤따랐네요."

어찌 보면 탱커 역할로 가장 고생했던 파티원이었다. 만약 용찬이 희생이 아니었더라면 신도는 그대로 후방으로 몸을 던졌을 것이다.

"하! 쌤통이다. 개 같은 놈! 이 녀석은 처음부터 마음에 안 들었다고."

"지금 무슨 소리 하시는 거죠. 아무리 남남이라지만 너무 하신 거 아니에요?"

"웃기고 있네. 어차피 살아남으면 장땡이라고. 누가 죽든 말든 내 알 바 아니잖아? 네 년들도 가식 그만 떨고 떨어진 아이템이나 보라고."

아예 태도를 돌변한 상열이 시체를 가리켰다. 주위 바닥으로 반짝이는 장비 아이템들. 그중에선 궁수 전용인 활대와 판토닉이 쥐고 있던 지팡이도 보였다.

"호오. 저건 꽤 쓸 만해 보이는데. 어이, 저 활대는 무조건 내거니까 건들지 말라고."

파티 시스템상 보스에게서 나온 물품은 정산 과정을 통해 나눠진다. 간혹 여러 명이 한 가지 아이템을 원한다 하더라도 공정히 주사위를 굴려 소유권을 정하게 되니 도난 문제는 생기지 않았다. 그런 가운데 파티 내 궁수는 한 명뿐이었으니 활대는 거의 상열의 차지라고 볼 수 있었다.

"자, 그러면 나도 새로운 장비로 갈아 타볼…… 컥!"

목 주위가 붉게 물든다. 시체로 다가서던 상열은 목을 부여잡고 고통스러워했다. 그리고 영문을 알 수 없다는 눈빛으로 환희를 보며 비틀비틀거렸다.

"네, 네가 왜……!"

"안타깝지만 이 아이템들은 전부 제 거라서 말입니다. 그동안 고생했으니 푹 쉬십시오. 뭐, 사실상 한 것도 없지만 서도 말이죠."

털썩.

피 분수를 쏟아내던 자가 쓰러진다. 몬스터도 아닌 같은 파티원에게 사망한 플레이어다. 하나와 채은은 싸늘한 주검이 된 상열을 보며 대경실색했다.

"가, 갑자기 왜 이러시는 거예요. 같은 진영 플레이어잖아요. 도대체 왜……."

"아직까지 눈치채지 못하셨나 보군요. 혹시 이 문신이 무엇인지 알고 계십니까?"

파티의 리더, 아니, 정확히는 파티를 배신한 자가 어깨의 문신을 드러냈다.

"……거미 모양의 문신. 설마 다른 진영 플레이어?"

"오호, 처음에만 해도 이 멍청이 놈 분위기에 끌려다니더니 제법 눈치는 있나 보군요. 뭐, 덕분에 탱커를 편히 이용했으니 상관없겠죠. 자, 그래서 제가 어떻게 이 파티에 들어온 걸까요? 한번 맞춰보시죠."

"……."

문득 던전 입구 때가 떠오른다. 파티가 결성될 당시에도 그들은 아무런 위화감을 느끼지 못했다. 게다가 용찬의 등급으로 인해 더욱 묻힌 느낌도 있었다. 하나는 그제야 실수를 깨닫고 주문서를 꺼내 들었다.

그 순간, 쇠사슬이 날아와 온몸을 묶었다.

[제압 쇠사슬이 발동됩니다.]
[일정 시간 동안 움직임이 속박됩니다.]

발버둥조차 치지 못하고 바닥으로 고꾸라지는 두 명.

"아직 대답을 못 들은 것 같습니다만?"

"개 같은 자식. 도대체 어떻게?"

"오. 이런 앙칼진 면도 있었군요. 저기 죽은 놈이 꽤 아쉬워하겠습니다. 여러분들은 왜 자신이 지금 이렇게 된 것인지 궁금하시겠죠?"

"……."

"노려보셔 봤자 소용없습니다. 전 이렇게 하나씩 이유를 알려줄 때마다 희열을 느끼니까요. 지금은 가만히 제 설명이나 들어주시죠. 후후. 자, 우선 방법은 바로 이 아이템입니다."

손에 쥔 녹색 구슬이 보인다.

환희는 싱긋 입꼬리를 말아 올리며 상체를 숙였다.

"펨트릿. 어느 정도 하멜에 적응된 자라면 누구나 알고 있는 아이템이죠. 확실히 이게 비싼 값을 하긴 하더군요. 진영 상관없이 던전이든 미션이든 난입이 가능하다니. 이 얼마나 좋은 효과입니까."

"더러운 손 저리 치워!"

"안타깝게도 여러분은 던전 입장 시 파티원의 문신을 확인하지 않으셨습니다. 문신 같은 경우 위치를 몇 번이나 바꿀 수 있는데도 말이죠. 뭐, 갓 E급 플레이어가 됐으니 이런 경험이 없는 것도 당연할 겁니다. 물론 고용찬이란 놈은 계속 신경 쓰였지만, 보스를 통해 처리했으니 상관없겠죠."

"설마 아까 희생 스킬을 끊지 않은 것도 일부러?"

악랄한 미소가 입에 걸린다.

"예. 맞습니다. 타이밍이 빠르단 것도 사실 거짓말이었죠."

"아아! 사, 살려주세요."

"아, 채은 님도 계셨군요. 깜빡했습니다. 계속 저에게 힐을 해주느라 고생 많으셨는데 실수를 해버렸군요."

옴짝달싹하지 못하는 두 명의 여성이 보인다. 살려달라던 채은은 망연자실한 채 입을 다물었고, 하나는 오히려 이를 악물었다.

환희는 그녀들의 볼을 쓰다듬으며 욕망을 드러냈다.

"흐으……."

"죽여 버리겠어. 죽여 버릴 거야!"

여전히 독기를 품은 하나를 보며 미소를 띠었다.

"파티원이 모두 죽으면 아이템은 모두 제 것이 되겠죠. 게다가 여러분의 아이템도 얻을 수 있으니 템트릿을 사용하고도 훨씬 남는 장사 아니겠습니까. 자, 방해되는 놈들도 다 처리했고 아이템 수거 전까지 친절히 만족시켜……."

치맛자락으로 향하던 손길이 멈춘다. 자리에 있어야 할 시체가 한 구 보이지 않았다. 의아함을 느낀 환희는 재빨리 주위를 두리번거렸다. 그리고 뒤를 돌아보는 순간 방 안으로 낙뢰가 몰아쳤다.

파지지직!

단숨에 돌아가는 틱. 강렬한 뇌격과 동시에 신형이 멀리 날아갔다. 볼썽사납게 바닥을 구르던 환희는 급히 균형을 되찾았지만 감전 상태만큼은 벗어날 수 없었다.

"빌어먹을. 도대체가!"

"놀 만큼 다 놀았나."

"……뭐?"

뇌격을 두른 장갑이 보인다. 분명 희생 스킬에 직격당한 탱커다. 한데 어떻게 된 것인지 그의 몸 상태는 멀쩡했다.

용찬은 가볍게 주먹을 맞부딪히며 사형 선고를 내렸다.

"이제 내가 놀아주마."

콰아아앙!

신도의 몸이 폭발하던 순간 본래 용찬의 목숨은 끊겨야 했다. 하나, 환희의 배신은 미리 예상했던 전개였다.

플리아 잎을 복용했습니다.
일정 시간 동안 마법 저항력이 상승합니다.

시선을 끄는 것은 탱커, 캐스팅을 끊는 것은 도적. 어찌 보면 가장 적절한 작전으로 보이지만 사실상 탱커를 희생시키는 것이나 다름없었다.

'게다가 실수를 가장해 날 간단히 처리할 수도 있지.'

모두가 지쳐 있고 보스가 거의 죽기 직전일 때가 가장 적기였을 터. 용찬은 그걸 대비해 미리 플리아 잎을 복용했다.

그리고 폭발에서 살아남아 죽은 척 연기를 했다.

'자, 그러면 나도 새로운 장비로 갈아 타볼…… 컥!'

'……거미 모양의 문신. 설마 다른 진영 플레이어?'

'아직 제 설명 다 안 끝났습니다만?'

모든 과정을 지켜보는 동안 용찬은 가장 먼저 마지막 남은 포션을 통해 몸을 회복했다. 그리고 환희가 두 여성에게로 신경이 쏠린 틈을 타 뒤편 책장으로 이동했다.

[숨겨진 스킬북을 획득했습니다.]

프루나 던전의 두 번째 목표, 바로 보스 방 책장 속에 숨겨진 스킬북이었다. 그렇게 장비와 스킬을 모두 챙긴 용찬은 모든 준비를 마쳤고, 환희의 고개가 돌아가는 순간 반전이 시작됐다.

"그 모습은 대체 뭐야. 어떻게 살아남은 거냐고!"

신도와 딱 달라붙어 있던 탱커다. 체력이 한계인 상태에서 힐을 받았다고 하더라도 생존은 불가능했다.

"병신 같은 놈. 애초에 파티창으로 사망 확인이 불가능한 상황에서 쉽게 단정 지어버린 네놈의 실수다."

"……."

"보아하니 멋모르고 프루나에 도전한 갓 E급들을 노렸던 것 같은데. 뒤끝은 영 좋지 못하군."

작정하고 배신을 노린 자다. 던전을 도는 내내 의심하던 파티원을 마지막에 잊었으니 방심한 것이나 다름없었다.

환희는 깊은 치욕감에 몸을 부르르 떨다 이내 입가를 쭉 찢었다.

"……그래. 확실히 잊고 있었어. 네놈은 끝까지 경계했어야 됐는데. 하지만 그래서 뭐?"

본래 착용하고 있던 장비가 바뀐다. 이전보다 성능이 훨씬 뛰어난 매직급 이상 장비들이다.

"설마 그 장비 하나만 믿고 기세등등한 거야? 아니면 실력을 감추고 있어서? 하, 네놈의 실력이 현 등급 수준보다 높다는 것은 진작에 알고 있었어. 지금보다 더 뛰어나다 해도 너만 감추고 있었던 게 아니다 이거야!"

마침내 두 자루의 시미터가 드러났다. 환희는 살벌한 기세로 달려들어 단숨에 배후로 파고들었다.

[독사가 발동됩니다.]
[대쉬가 발동됩니다.]

허공을 가르는 시미터.

순식간에 거리를 벌린 용찬은 가볍게 어깨를 풀었다.

"겉멋만 들었군. 역시 리오스 진영이라고 해야 되나. 네놈한테 개인적으로 물어볼 게 많지만. 우선 맞고 시작하지."

"네놈은 역시 평범한 플레이어가 아니었어. 하지만 우쭐거리는 것도 지금뿐이…… 뭣!"

"이 참에 하나 알려주마. 대쉬의 재사용 대기 시간은 3초. 기력이 많이 소모되긴 하지만 전투 도중 아주 효율적으로 사용할 수 있지. 그리고……."

파지지직!

전신으로 뇌격이 파고든다.

"네놈 같이 장비 믿고 설치는 도적놈은 수없이 봐왔다."

"크으윽. 개 같은 자식이!"

뇌격의 주 효과는 바로 감전 상태, 적을 일시적으로 경직되게 만드는 상태 이상은 근접전에 있어 무투가에게 제격이었다. 게다가 제단장의 장갑은 공격 시 일정 확률마다 낙뢰를 떨어트렸다.

'아무리 매직급 이상 장비로 도배한다 해도 대쉬까지 얻은 이상 놈은 내 상대가 되지 못한다.'

장비의 효과 덕분인지 감전 상태에 어느 정도 저항하고 있었지만 상관없었다. 통하지 않는다면 통할 때까지 시도하면 되는 일. 용찬은 쿨단 때처럼 연달아 주먹을 내질렀다.

쾅!

친다.

쾅! 콰앙!

주먹과 함께.

파지지직!

낙뢰가 휘몰아친다.

요리조리 공격을 피해내던 환희는 어떻게든 배후로 파고들려 했지만 대쉬로 인해 거리가 좁혀지지 않았다.

"젠자아아앙!"

점점 빨라지는 속도, 환희는 기력 소모도 무시한 채 전력 질주 스킬을 한계치까지 끌어 올렸다.

그리고 용찬의 주위를 돌며 빈틈을 노리기 시작했다.

'지금이다!'

폼이 풀린 것이 한눈에 들어온다. 속도는 따라갈 수 없으니 반격이라도 준비하는 모양이다.

그동안 봐온 반격 스킬도 정확한 타이밍이 필요했다. 환희는 망설임 없이 그대로 심장부를 노렸다.

사악!

어깨를 스치고 지나가는 시미터, 가까스로 급소를 피해낸 용찬이었지만 예상대로 반격은 발동되지 않았다.

"그럼 그렇지. 아까 뭐라 그랬더라. 이제 내가 놀아주지라고 했던가. 그래, 실컷 놀아봐라. 아주 지겹도록 후회하게 만들어 주지!"

도적의 가장 큰 장점은 속도다. 두 자루의 시미터를 쥔 만큼 틈도 벌어지지만 이런 문제점도 전력 질주를 통해 보안이 가능했다. 환희는 쉴 새 없이 용찬을 몰아치며 피해를 주기 시작했다.

"어디 한번 그 잘난 반격을 써보라고!"

"……."

"못 쓰겠지. 아니, 못 쓸 수밖에 없을 거야. 그게 네놈의 한계니까!"

자잘한 상처가 늘어난다. 비록 치명상은 입히지 못하고 있었지만 피해는 쌓이면 쌓을수록 큰 허점을 남겼다.

'바로 지금처럼 말이지!'

피투성이가 된 용찬이 뒷걸음질 친다. 저것이야말로 진정한 약자의 본 모습이다.

환희는 조소를 흘리며 목을 향해 시미터를 내리그었다.

"이제 그만 뒤……."

덥석! 강제로 끌려가는 손목.

"학습 능력이 떨어지는군. 네놈 같이 장비만 믿고 설치는 도적놈들은 수도 없이 봐왔다고 했을 텐데?"

"무, 무슨!"

"이제 체력도 기력도 거의 소모했으니 제대로 발버둥도 못칠 테지. 어디 한번 버텨봐라."

악귀가 주먹을 쥔다. 시퍼런 뇌격을 가득 머금은 제단장의 장갑이다.

"아아아아!"

환희는 그제야 죽음에 대한 두려움이 찾아왔다. 도망칠 수 없었다. 그 사실을 뒤늦게 깨달은 놈은 깊은 후회와 동시에 공포를 느꼈다.

그리고 속사포로처럼 쏟아지는 주먹세례 속에서 정신은 아득해져만 갔다.

콰앙!

방 안으로 낙뢰가 내리친다.

쾅! 콰앙!

겉보기엔 큰 위력도 없는 장비의 효과지만 소리만큼은 매우 강렬했다.

하나는 반죽음 지경이 된 배신자를 보며 떡 벌어진 입을 다물지 못했다.

'도대체 뭐가 어떻게 돌아가고 있는 거지. 지금 내가 보고 있는 게 현실이긴 한 거야?'

리미트리스 진영으로 위장했던 파티의 리더, 희생 스킬에 죽은 줄로만 알고 있었던 탱커의 반격. 그리고 도저히 F급 수준으로 느껴지지 않는 용찬의 무력.

전신에서 퍼져 나오는 강한 살기까지 포함한다면 이전과는 매우 다른 악마 같은 모습이었다.

콰앙!

마침내 주먹질이 멎었다. 거의 죽음 직전까지 갔던 환희는 그대로 고꾸라졌고, 용찬은 깊게 숨을 내쉬었다.

그리고 쇠사슬에 묶여 있던 두 명을 쳐다봤다.

"히, 히익!"

"……."

온몸으로 느껴지는 전율에 그녀들은 엄청난 압박감에 몸을 벌벌 떨며 두려워했다.

용찬은 뒤늦게 고개를 돌리더니 이내 보스에게서 나온 아이템들부터 수거하기 시작했다.

[판토닉의 지팡이를 획득했습니다.]

[정산 시간이 활성화됩니다.]

눈앞으로 장비의 정보가 나타난다. E급 마법사에게 있어선 가장 안성맞춤인 옵션이다.

손발이 묶인 하나는 잠시 갈등하다 이내 입을 열려 했다. 그 순간, 용찬과 시선이 마주쳤다.

'무, 무서워!'

나름 당찬 성격이라고 평가받던 그녀가 무너져 내렸다. 그 정도로 그의 눈빛은 매우 싸늘했다.

[정산 시간이 종료됐습니다.]
[던전 탈출 포탈이 오픈됐습니다.]

보스의 시체 뒤로 포탈이 생겨난다.

결국 모든 아이템은 용찬의 손으로 들어갔고, 뒤늦게 제압의 사슬 효과가 풀리고 있었다.

"저, 저희 살아남은 것 맞죠?"

"……그렇게 됐네요. 과연 이것을 살아남았다고 표현해도 될지는 모르겠지만 말이에요."

도움을 받았다. 아니, 정확히는 다른 목적으로 배신자를 처단한 것으로 보였다.

하나는 다가오는 용찬을 보며 지팡이를 치켜들었다.

"가, 가까이 다가오지 마세요. 먼저 정체부터 밝히세요!"

"……정체라니. 그저 다른 진영 플레이어를 두드려 팬 것뿐인데 정체도 밝혀야 합니까?"

"하, 하지만 저놈처럼 실력을 숨겼잖아요. 지금 착용하고 계신 장비의 효과도 그렇고, 처음 보는 스킬도 그렇고……."

"이놈한테 의심받는 터라 숨겼을 뿐입니다. 그리고 왜 제가 하나 씨 질문에 일일이 대답해 드려야 합니까. 파티에서 가장 고생한 사람이 누구였는지 벌써 잊으신 겁니까?"

말문이 굳게 막힌다. 실력을 숨긴 사실을 떠나 꿋꿋이 홀로 고생하던 탱커다. 마지막에 가선 희생 대상이 된 신도까지 막아줬으니 결코 반박이 불가능했다.

"맞아요, 하나 씨. 과정이야 어찌 됐든 용찬 님께서 저희를 구해준 것은 사실이잖아요. 무, 물론 조금 무섭긴 했지만 더 이상 의심하지 말아요."

"……."

채은이 간절한 눈빛으로 몸을 벌벌 떨었다. 하나, 그럼에도 하나는 아까 전 흉포한 모습을 떠올리며 고민했다.

"혹시나 해서 미리 말씀드리는 거지만 제가 진작에 마음먹었다면 쇠사슬이 풀리기도 전에 제압했을 겁니다. 만약 풀린 이후라고 해도 스크롤을 사용하기도 전에 제압하는 것은 다르지 않았겠죠."

"……!"

그제야 손이 내려갔다. 곁에 있던 채은은 안도의 한숨을 내쉬었고, 용찬은 품에서 지팡이와 일정 골드가 담긴 주머니를 꺼내 던졌다.

"이건 판토닉의 지팡이?"

"굳이 사례를 받는다면 목숨의 은인인 제가 받아야 하겠지

만 사정이 있어 다른 진영 놈들을 쫓는 상태라서 말입니다. 그
것들은 입막음 대신이라고 생각해 주십시오."

"그렇다면……."

"다만 부탁이 있습니다. 아니, 어찌 보면 거래라고 볼 수도
있겠군요."

지팡이와 골드 주머니를 쥐고 있던 두 여성이 동시에 고개
를 갸웃거렸다.

◀ 7장 ▶
바쿤의 주인

흠씬 두들겨 맞던 배신자가 쓰러진다. 어느 정도 힘을 조절한 덕분에 사망 지경에는 이르지 않았다.

이제 남은 것은 쇠사슬에 묶인 두 명의 플레이어.

'죽여야 하나. 아니, 아니지. 이놈에게 정보를 빼낸다고 해도 그것은 일시적이야. 진영 내 도시로 이동하지 못하는 이상 지속적인 정보가 필요하다. 리미트리스 진영 또한 매우 중요하다.'

"부탁, 아니, 거래라뇨?"

"자세한 설명은 못 해드리지만 간단히 알려 드리자면 정보통의 소식이 끊겼습니다. 게다가 제가 속한 곳에서 당분간 몸을 숨기라고 지시가 떨어졌고 말이죠."

"……."

"그래서 얼마 동안 도시로 돌아가지 못하고 필드에 은거하며 던전 및 미션을 돌아야 합니다. 본래 임무를 수행하면서 말이죠. 원래 적당한 플레이어에게 의뢰금을 주고 정보를 얻으려 했지만 그것도 정체가 탄로 날 위험이 있더군요."

1회 차 당시 각 진영은 교묘한 첩보전을 펼쳤다. 지금도 대형 길드 등에선 실제로 다양한 정보를 취급하고 있을 터.

용찬은 거짓과 사실을 섞어 임무를 맡은 길드원으로 위장했다. 그리고 환희를 때려눕힌 무력을 확인했던 두 명이 서서히 떡밥을 물기 시작했다.

'자, 잠시만. 저 얘기는 완전 대형 길드에 속한 길드원이라는 거잖아. 하지만 과연 F급의 플레이어가 그럴 수가 있을까. 아니, 아니지. 애초에 실력도 숨기고 있었잖아. 이번 던전도 미리 정보를 숙지하고 있었을 거야. 길드도 일부러 저등급 플레이어를 통해 임무를 시키고 있는 걸지도 몰라!'

용찬의 얘기가 사실이라면 이 기회를 놓쳐선 안 됐다. 어찌 보면 대형 길드와 연줄이 생길 수도 있는 상황이다.

"……선뜻 받아들이긴 좀 그러네요. 그 얘기가 사실인지도 쉽게 믿기지 않고요. 일단 거래 내용부터 들어봐도 될까요?"

차분한 척 질문을 건넨다. 하나, 눈빛만큼은 매우 초롱초롱했다. 용찬은 알기 쉬운 하나의 표정을 확인하고 더욱 미끼를 풀었다.

"일주일에 한 번씩, 진영 내 상황이나 주요 정보를 알려주십시오. 다른 진영의 정보나 소문이라도 상관없습니다. 알려주시기만 한다면 그때마다 마법사와 성직자에게 필수인 정보들을 제공해 드리도록 하겠습니다."

"필수 정보라니. 예를 들면요?"

"던전과 미션 내 숨겨진 장비 및 아이템, 그리고 그 등급 때 꼭 얻어야 할 스킬 및 특성 등. 남보다 월등히 성장할 수 있는 정보들입니다."

"……역시."

반쯤 확신을 내린다. 아직까지 의심은 걷히지 않았지만 정보를 통해 믿음을 심어주면 될 일이다.

하나와 달리 고민에 잠겨 있던 채은은 숙였던 고개를 들었다.

"하, 하겠어요. 아니, 할게요. 정보는 어떤 식으로 알려 드리면 되죠?"

"채은 님?"

"언뜻 들었던 것 같아요. 대형 길드에 속한 플레이어들이 수시로 타 진영 플레이어들을 견제한다는 소식을요. 분명 용찬 님도 그런 쪽이실 거예요. 전 받아들이겠어요!"

예상대로 맹하게 생긴 성직자가 먼저 넘어왔다. 용찬은 고개를 끄덕이며 메신저 기능을 오픈했다.

그리고 아직 결단을 내리지 못하고 있는 하나를 봤다.

"하나 씨는 어떻게 하시겠습니까? 물론 거절하셔도 상관없습니다. 그렇게 급한 것도 아니고."

"……."

서서히 입가가 열린다. 한참 고민 끝에 결정 내린 그녀의 대답은.

"저도 하겠어요."

예스였다.

[민하나 님이 등록됐습니다.]

[한채은 님이 등록됐습니다.]

회귀자라고 해서 모든 것을 기억하고 있는 것은 아니다. 용찬은 메신저 창에 뜬 두 명을 보며 만족스러워했다.

'이걸로 정보통은 완료다. 그다지 유용할 것 같지는 않지만 없는 것보단 낫겠지.'

그녀들은 앞으로 대형 길드에 대한 연줄과 우월한 성장을 위해 열심히 정보를 모아 올 것이다.

방금 전까지만 해도 믿음을 주기 위해 뿌렸던 정보에 귀를 기울이며 놀라 했으니 반응이야 뻔했다.

"쿨럭, 쿨럭!"

"자, 그러면 가장 원하던 정보를 한번 들어볼까."

"여, 여긴?"

"천국이다."

뒤늦게 정신 차린 환희가 혼란스러워했다. 용찬은 악랄한 미소로 그를 맞이하며 주먹을 치켜들었다.

[마왕성으로 귀환했습니다.]

[피로가 회복됩니다.]

[신체가 회복됩니다.]

정리 정돈된 방 안의 풍경이 드러난다. 이전과 달리 깔끔해 진 헨드릭의 방이다.

'나, 나도 자세한 것은 몰라. 리오스 진영 플레이어이긴 하지만 대형 길드는 크게 관심 없었다고!'

'유태현이라니, 그놈은 또 누구야. 한 번도 들어본…… 아. 마, 맞아. 혹시 그놈일지도 몰라. 이번에 파이칸 고대 유적지 공략을 준비하는 소규모 길드에 신입 길드원이 들어갔다고 했었어. 분명 그놈의 이름이 유태…… 어쩌구였을 거야!'

'1, 2차 소환 플레이어들만 모인 곳에 왜 3차 플레이어가 들어간 건지는 나도 모른다니까. 어떻게 들어간 건지 알았으면 진작에 설명했지. 어, 어쨌든 내가 알고 있는 건 이게 전부야. 사실대로 얘기했으니 살려…… 크아아 악!'

파이칸 고대 유적지. 극악의 난이도를 자랑하지만 누구나 탐내는 유니크 장비, 액세서리가 숨겨진 곳이기도 했다. 그중에선 회귀 이전 태현이 착용하고 있던 장비도 포함되어 있었다.

'파이칸 고대 유적지를 처음으로 시도한 소규모 정예 타이탄 길드. 회귀 이전에는 모두 전멸하면서 실패를 알렸었지. 공략한 것은 아주 나중의 일. 그런 와중에 타이탄으로 3차 소환 플레이어인 유태현이 들어갔다?'

기존 알고 있던 전개가 아니다. 태현이 유적지 내 장비를 얻은 것은 한참 후의 일이었다. 한데도 지금 파이칸을 노린다는 것은 공략에 대한 확신이 있다는 뜻이었다.

'역시 놈도 회귀했어. 나만 회귀자가 아냐. 어떻게든 파이칸 공략부터 막아야 해.'

마음이 조급해진다. 유적지 공략을 위해 준비하는 기간은 평균 7개월에서 1년가량. 근처 필드의 정보 및 용병들을 모으고 유적지까지 길을 뚫으려면 어느 정도 시간이 걸렸다.

하나, 용찬은 답답한 마음을 지울 수 없었다.

'더욱 강해져야 한다. 놈을 능가할 정도로. 모든 진영과 겨룰 정도로. 그리고 어떤 마왕도 감히 대적 못 할 정도로!'

초반 장비와 스킬은 얻었다. 이제 마왕성 시스템과 플레이어 시스템을 적절히 활용하며 회귀 이전보다 더욱 강해질 차례였다.

"우선 바쿤을 최대한 끌어……"

"크, 큰일 났습니다, 도련님!"

덜컥 문이 열리며 그레고리가 들어왔다. 다급한 표정으로 숨을 헐떡거리던 그는 이내 창가를 가리켰다.

"몽블랑 부상단주가 베텔에서 병사들을 이끌고 와 도련님을 찾고 있습니다!"

"……던전 같은 경우 몇 시간 정도는 흐르는 건가. 그러고 보니 벌써 아침이군."

"이럴 때가 아닙니다, 도련님. 당장 가문에라도 연락해서……"

"필요 없다. 프로이스 가문이 버림받은 날 도와줄 거라고 생각하는 거냐."

슬슬 헤르덴 상단이 방해할 것이라는 건 예상하고 있었다. 용찬은 뇌격을 일시적으로 차단하고 입구로 내려갔다.

가장 먼저 보이는 것은 입구를 막고 있는 바쿤의 병사들, 그리고 수십 마리의 병사를 대동한 채 여유롭게 뒷짐을 지고 있던 몽블랑이었다.

"그동안 잘 지내셨습니까. 헨드릭 프로이스 마왕님."

"……."

"아차. 최하위 서열 마왕을 덧붙이는 것을 잊어먹었군요. 죄송합니다. 그래도 최근 던전을 도시면서 어느 정도 장비는 맞추신 모양이시군요. 뭐, 헛수고에 지나지 않지만 말이죠. 클클클클."

몽블랑이 가볍게 눈짓한다. 좌우로 서 있던 E급 병사들은 괴상한 울음소리를 내며 위협을 시작했다.

"저 자식들이. 기어코!"

"물러나라."

"뭐? 물러나라니. 넌 지금 저놈들이 하는 짓이 안 보이는 거냐고!"

발끈한 루시엔이 존대도 잊고 화를 냈다. 하나, 용찬은 곁에 있던 쿨단까지 함께 막아서며 직접 앞으로 걸어나갔다.

그리고 조용히 뇌격을 발동시키며 몽블랑을 쳐다봤다.

"이거이거. 우리 망나니 마왕님께서 무척이나 화가 나신 것 같……."

"어금니 꽉 깨물어라."

"하? 그게 무……!"

콰앙!

육중한 덩치의 마족이 날아간다. 자신의 무게를 버티지 못하고 꼴사납게 바닥을 구르는 모습이다.

"맙소사!"

"무, 무슨!"

딱딱딱딱!

경악하는 바쿤의 일원들.

"크, 크르릉!"

입구에 서 있던 놀들은 바닥에 떨어진 이빨들을 보며 급히 무기를 꺼내 들었다.

그 순간, 강렬한 카리스마가 주변을 장악했다.

"오늘부로 헤르덴 상단은 바쿤에서 해산이다. 지금부터 바쿤의 진정한 주인이 누구인지 똑똑히 가르쳐 주마."

헨드릭 프로이스. 한낱 망나니였던 마족이 어느새 E급 병사들을 압도하고 있었다.

제단장의 장갑과 대쉬 스킬을 터득했다고 해서 무적이 된 것은 아니다. 이 두 가지는 그저 초반 성장 용도에 불과했고 한 단계 높은 등급의 적들을 상대로는 어디까지 통할지 미지수였다. 하나, 동일한 수준의 적이라면 얘기는 달랐다.

"깨게에엥!"

"쿠에에엑!"

베텔 병사들이 차례차례 쓰러진다. 모두 감전 상태가 되면

서 속수무책으로 당해버렸다. 용찬은 대쉬를 통해 마지막 놈을 녹다운시키며 전투를 끝냈다.

"그레고리."

"아, 예. 예!"

"혹시 마왕성 내부에 이놈들을 가둘 만한 공간이 있나?"

"물론입니다. 마침 적당한 지하 감옥이 있으니 그곳에 가둬 놓도록 하겠습니다. 거기 두 분, 그만 넋 놓으시고 저를 좀 도와주시길 바랍니다."

성을 관리하는 집사답게 금방 지시를 알아들었다. 한참 넋을 놓고 있던 루시엔과 쿨단은 용찬을 빤히 쳐다보다 이내 병사들을 옮기기 시작했다.

그리고 홀로 남겨진 용찬은 입구 주변을 살폈다.

'몽블랑이란 놈은 벌써 도망친 건가. 차라리 잘됐군. 이 참에 첫 번째 목표를 베텔로 잡는다.'

입구에 있던 놈들은 그저 일부 병사에 불과하다. E급이라고 알려진 베텔인 만큼 병력은 바쿤보다 많을 것이다. 어차피 헤르덴 상단으로 인해 불은 지펴진 상태. 먼저 바쿤을 노린 만큼 첫 번째 제물은 픽스 파이멀린이 가장 적당했다.

'이젠 다르다는 것을 알려주마.'

무력한 약자는 모든 것을 약탈당한다. 지금도 베텔은 바쿤을 얕잡아 보고 있을 것이다.

용찬은 변화의 시작을 베텔로 정하며 반격을 준비했다.

파이멀린 가문. 한때 노마운 파이멀린으로 인해 번성하던 시절도 있었지만, 그 이후로 쇄락기를 겪으며 추락한 가문이었다.

가문 내 서열은 최하위. 마왕성인 베텔의 서열까지 최하위로 전락하며 마왕 중에선 그다지 취급받지 못하는 신세였다.

하나, 마왕성의 주인이 픽스로 바뀌며 기회는 생겨났다.

'마왕님, 마계 내에서 유명하던 그 망나니가 드디어 바쿤의 주인이 되었습니다!'

프로이스 가문의 실패작. 마계 도시 내에서도 최하급 마족이라 취급받던 헨드릭이다. 그런 그가 제대로 마왕성을 운영할 리는 없을 터.

픽스는 그 점을 노려 헤르텐 상단과 손을 잡고 바쿤을 장악하기 시작했다. 그리고 몽블랑을 통해 일부 권한을 거머쥐자 그 이후로는 일사천리였다.

'클클클. 그 멍청한 놈이 제 제안을 승낙했습니다. 이제부터 지

하 젬 광산은 저희 것이나 다름없습니다.'

조금이라도 힘이 있는 자가 더 약한 자를 잡아먹는다. 절망
의 대지 최남단에서 헨드릭은 가장 쉬운 먹잇감이나 다름없었
다. 그렇게 픽스는 바쿤의 젬을 끌어모으며 병사들을 사들였
고, 마왕성의 다음 등급을 위해 준비했다.

한데, 도중 문제가 발생했다.

'그 망나니 놈이 어찌 된 것인지 던전을 공략하러 다니기 시작
했습니다. 방법은 아직까지 알아내지 못했지만 그래도 이건 저
희에 대한 도전이나 다름없습니다. 병사를 내주십시오. 이번에
제가 아예 마왕성을 뺏어버리겠습니다!'

갑작스러운 헨드릭의 변화. 의문은 깊어졌지만 아무리 권능
을 발현했다 하더라도 최하급 마족에 지나지 않았다.

픽스는 재깍 일부 병사를 내주었고 헨드릭은 다시 방 안에
틀어박힐 것이라고 예상했다.

한데, 그 예상은 단박에 빗나가 버렸다.

"퐈, 퐈이뮐린 마왕뉘임. 노, 놈이. 놈이 달라줬습니다아!"

어색한 발음이 들려온다. 볼이 크게 부풀어 오른 것도 모자
라 이빨이 우수수 떨어져 나간 몽블랑이다.

권좌에 앉아 있던 픽스는 울먹거리는 그를 내려다보며 인상을 구겼다.

"도대체 어떻게 된 것이냐. 자세히 설명해 보거라!"

"그, 그게에……."

"그것보단 계약서는 어떻게 된 거야, 몽블랑. 마왕성을 뺏기 위해 계약서도 챙겨 갔잖아. 설마 잃어버렸다거나 그런 건 아니겠지?"

권좌 뒤로 요염한 마족 여인이 모습을 드러냈다.

헤르덴 상단의 실세이자 상단주 메르비. 몽블랑에게 지시를 내리며 베텔에 정착하고 있는 상단의 본 주인이었다.

몽블랑은 그녀의 물음에 우물쭈물거리다 이내 계약서를 보였다.

"……게약쉬를 보이귀도 전에 쫓겨났슙니다."

"나 참. 병사들은?"

"모, 모두 쇠로좁힌 것 같슙뉘다."

"……정말 그 망나니가 달라지긴 달라졌나 보네. 모처럼 가문에서 쫓겨나서 마왕성을 뺏기 딱 좋은 상황이었는데."

병사도 거의 없는 바쿤이다. E급 병사 20여 마리가 당했다면 헨드릭도 어느 정도 달라졌다는 의미였다.

"픽스 님, 그 망나니가 마음을 잡고 본격적으로 마왕성을 운영할 생각인가 보네요. 다시 자리를 되찾은 것만 보면 뻔하죠.

뭐, 최하급 마족 놈이 달라져 봤자 거기서 거기겠지만 이 참에 바쿤을 잡아먹는 게 어때요?"

"크윽. 빌어먹을 망나니가 이제 와서 뭘 하겠다고. 그래, 좋아. 이 기회에 아주 짓밟아주겠어. 더 이상은 기어오르지 못하게끔 만들어주지."

마왕을 내쫓고 마왕성을 차지하는 것은 마계 규칙상 불가능하다. 하나, 무력으로 제압한 뒤 계약서를 통해 협박한다면 강제적으로 마왕성의 모든 권한을 차지할 수 있었다.

픽스는 강렬한 마기를 풀풀 내뿜으며 바쿤과의 전쟁을 준비했다.

[젬 보유량:94]

몽블랑이 강제 추방당하며 일부 권한이 되돌아왔다. 하나, 마왕성에서 도망칠 당시 약삭빠르게 젬도 챙겨 달아난 모양이었다.

'우선 세 번째 수행 과제대로 병력 등급을 E로 상승시켜야 해.'

지하 감옥에 가둔 베텔 병사들이 있긴 했지만 일일이 복종시키기엔 무리가 있었다.

용찬은 가장 먼저 지하 젬 광산을 확인했다.

'이것들이 젬이란 광석이군.'

알록달록 반짝이는 돌이 보인다. 모두 마왕성을 운영할 때 필요한 마계 광석들이다. 본래라면 지금도 상단원들이 젬을 캐고 있어야 했지만 몽블랑과 함께 쫓아낸 덕분에 광산 내부는 텅텅 비어 있었다.

용찬은 길을 따라 쭉 돌아다니다 이내 벽 사이의 틈을 발견했다.

드르르륵.

가볍게 힘을 주자 뒤로 밀려나는 벽.

'역시 예상대로 숨겨진 공간이 있었어. 이러니까 망나니 놈에게 젬 광산에 대해 제안했었겠지.'

바깥의 것보다 더욱 큰 젬 광석들이 보인다. 색깔도 모두 진해 밀도도 상당히 높아 보였다.

용찬은 확인을 마치고 광산을 빠져나갔다.

"키, 키에에."

"음?"

서성거리던 고블린 두 마리가 다가온다. 비케스트를 돌 당시 고용했던 헤르덴 상단 소속 병사들이다.

"이놈들은……"

"아, 마침 잘됐군요. 도련님, 이 참에 이분들을 거둬들이시는 게 어떻습니까?"

계단에서 내려온 그레고리가 회상하듯 그때 그 상황을 설명했다.

'던전을 공략할 것 같으면 방해를 해야 될 것 아니야. 이 어리석은 놈들아!'

'키에에에에.'

'당장 꺼져. 너희 같은 고블린 새끼들은 우리 상단에 더 이상 필요 없다고!'

던전을 함께 돌아온 창병 고블린들, 그들은 동료까지 잃으며 바쿤으로 귀환했지만 환대는커녕 오히려 버림을 받은 모양이었다.

"저도 복도를 지나가다 우연히 듣게 된 얘기입니다만. 혹시 도련님께서 마음에 안 드신다면……"

"일꾼이 필요하던 차에 잘됐어. 네 말대로 거둬들이지. 이제부터 너희들은 젬 광산을 맡는다. 알아들었나?"

"키에에엑!"

자유 소속이 된 고블린들이다. 광산 내 장비가 그대로인 만큼 일꾼으로 쓰기엔 가장 적당했다.

[F급 고블린 칸의 소속이 바쿤으로 변경됐습니다.]

[F급 고블린 켄의 소속이 바쿤으로 변경됐습니다.]

단숨에 병사가 두 마리 더 늘어났다.

"오오, 경사입니다. 점점 바쿤의 병사수가 늘어가는군요."

"고블린들 주제에 이름도 있었군. 그레고리, 우선 너는 병사들을 전부 데려와라."

"알겠습니다, 도련님."

"그리고 너희들은 뭐 하는 거지. 내가 분명 젬 광산 담당이라고 했을 텐데?"

"키, 키에엑!"

칸과 켄이 쏜살같이 광산 안으로 들어갔다.

홀로 남겨진 용찬은 판토닉에게서 얻은 골드와 아이템들을 확인하며 자리를 지켰다.

그리고 뒤늦게 나타난 루시엔, 쿨단, 스켈레톤 병사들을 보며 광산을 가리켰다.

"너희들도 한동안 광산행이다. 어서 가서 일해라."

"에에에에!"

딱딱딱딱!

본격적인 마왕성 운영 시작이었다.

"진짜 이게 뭐냐고. 오늘 아침만 해도 어이가 없어 죽겠는데 갑자기 광산이라니. 내가 이러려고 마왕성에 들어온 줄 알아?"

"키엑, 키에엑!"

"시끄러. 으으. 그나저나 도대체 어떻게 된 거지. 전격을 휘두르는 능력 하며 순간적으로 빨라지던 스킬까지. 권능을 발현했다고 하더라도 하루아침에 터득하는 게 말이 돼?"

곡괭이를 들고 있던 다크 엘프가 불만과 함께 의문을 제기한다. 하나, 그것에 대답해 줄 자는 아무도 없었다.

대화가 통하지 않는 스켈레톤들과 고블린들은 그저 열심히 광석을 캘 뿐이었다.

결국 루시엔은 한숨을 내쉬며 재차 곡괭이를 치켜들었다.

'만족스럽군.'

현 병력으로 E급 던전은 무리다. 다소 무리한다면 홀로 적들을 제압할 수도 있긴 했지만 그렇게 되면 병사들의 성장이 문제였다. 보통 전투 경험과 훈련을 통해 성장하는 NPC들. 그들을 함께 성장시키려면 최대한 많은 젬이 필요했다.

'병사들에게도 능력치 스톤을 사용할 수 있긴 하지만 구하

기 힘들다는 게 문제야. 마왕성 플레이어가 된 만큼 이제부턴 병사들의 힘도 다뤄야 해.'

며칠 사이에 쌓인 젬들이 보인다. 슬슬 상점을 통해 병사들을 소환해야 했다.

용찬은 즉시 서포터인 집사 그레고리를 불렀다.

"무슨 일이십니까, 도련님."

"병사를 소환할 거다. 마왕성 아이템에 대해 설명해라."

"아하, 알겠습니다."

미리 준비해놓은 백지가 채워지기 시작한다. 명석한 집사답게 하나하나 깔끔히 설명을 정리했다.

1. 각 아이템은 현재 마왕성 등급에 따라 결과 등급이 조정된다.

2. 병사 소환과 용병 소환은 무작위로 소환 대상이 정해지며 숫자도 무작위다.

3. 특성, 스킬, 재능 부여권은 바쿤 소속이라면 누구든 사용 가능하다.

4. 함정, 방어 수단 구매권은 현재 마왕성 등급에 따라 제한 숫자가 설정된다.

각각 아이템에도 제한 및 페널티가 존재했다.

"현재 바쿤의 등급으로 치면 F급 병사들밖에 소환하지 못한다 이거군."

"그렇습니다. 그리고 병사와 용병은 병력, 특성과 스킬 및 재능은 능력, 마지막으로 함정과 보호 수단은 방어력에 영향을 끼칩니다. 참고해 주시기 바랍니다."

"그래 봤자 결국 병력이 있어야 능력과 방어력도 차차 균형을 맞출 수 있다는 것 아닌가."

"정확합니다. 지금 수행 과제도 그렇고 제가 처음에 병력을 강조한 이유도 동일합니다. 당장 베텔과 E급 던전들까지 생각하신다면 병사가 제일 먼저일 겁니다."

마왕성의 방어도 결국 병력이 있어야 가능한 법이다. 대충 구조를 이해한 용찬은 인벤토리부터 확인했다.

'이제 튜토리얼에서 얻은 아이템도 거의 다 썼어. 새로 얻은 것은 판토닉에게서 얻은 골드와 장비 아이템 정도. 제단장의 장갑과 대쉬 스킬을 통해 E급이 되긴 했지만 이제부턴 골드와 아이템들도 신중히 써야 해.'

바쿤에 투자하는 비용도 만만치 않다.

하나와 채은을 끌어들이기 위해 일정 골드도 나눠 준 만큼 더 이상 여유는 없었다.

"혹시 플레이어들이 다루는 것과 비슷한 아이템들을 판매하는 곳이 따로 있나?"

"물론입니다. 갖가지 포션과 스크롤, 장비 및 여러 종류의 아이템도 마계 내 도시에서 취급하고 있습니다. 나중에 여유가 되실 때 한번 상점에 방문해 보시죠."

"그렇다면 다른 플레이어들에 비해 불리한 것은 그다지 없겠군. 우선 병사들부터 소환한다."

소유하고 있던 골드가 모두 쳄으로 환전됐다. 용찬은 그레고리와 함께 루시엔과 대련했던 4층으로 이동했다.

"이 정도 넓은 공간이면 큰 무리는 없겠군."

다른 층과 달리 복도가 넓은 4층이라면 숫자가 무작위라고 해도 문제 될 것은 없을 터다.

용찬은 손에 쥔 병사 소환권 세 장을 살폈다. 무려 3천 쳄을 투자해 구매한 결과물이다.

[병사 소환권을 사용합니다.]
[소환 게이트가 오픈됩니다.]

첫 번째 소환. 게이트로 고블린 네 마리가 튀어나왔다.

"F급 고블린들이군요. 특별한 재능이나 특성은 없는 것으로 보입니다. 음, 스킬은 최하급 둔기술을 가지고 있군요."

"……쓸모없군."

눈앞으로 뜬 능력치도 별 볼 일 없는 수준이다. 병사 숫자에 제한은 없었지만 첫 소환은 실망감이 컸다.

용찬은 즉시 두 번째 소환권을 찢었다.

"케에케에!"

"이번에는 F급 코볼트들이군요. 특별한 재능은 없지만 집단 구타란 특성을 가지고 있습니다. 다만 스킬은 없군요."

"코볼트 세 마리인가. 쯧. 슬슬 짜증 나는군."

마왕성 수준에 맞춰 소환된다지만 대폭 전력을 늘리기 위해선 쿨단 같은 네임드 병사가 필요했다. 용찬은 소환권 두 장에 대한 미련을 버리고 마지막 소환권을 찢었다.

[대성공!]

[뱀파이어 헥토르가 소환됐습니다.]

창백한 인상의 청년이 걸어 나온다. 다른 병사와 달리 이름을 부여받은 인간형 병사다.

곁에서 지켜보고 있던 그레고리는 놀람을 금치 못했다.

"오오. F급 네임드 병사입니다. 종족은 뱀파이어. 직업은 궁수로 보이는군요. 특성은 사냥꾼의 몸놀림, 스킬은 마력 흡수를 가지고 있습니다. 재능이 없는 게 아쉽지만 그래도 매우 만족스러운 소환입니다."

"민첩 능력치도 9면 F급치곤 꽤 높은 수준이군. 마침 활도 하나 들어왔는데 잘됐어."

몬스터의 직업은 처음부터 정해지거나 혹은 전투 도중 습득하는 경우가 많다. 바쿤에 원거리 병사가 없는 것을 생각해 봤을 때 궁수는 가장 필요한 직업이나 다름없었다.

"뱀파이어 일족의 헥토르라고 합니다. 마왕님을 모시게 돼서 큰 영광입니다. 앞으로 잘 부탁드리겠습니다!"

"성격도 제법 괜찮군. 헥토르라고 했나?"

"넷!"

"화살 명중률은 어느 정도 정도 되지?"

특성과 스킬도 완벽한 궁수 전용이다. 용찬은 나름 기대를 품고 대답을 기다렸다.

하나, 헥토르는 순진무구한 표정으로 고개를 갸웃거리더니 이내 실실 웃기 시작했다.

"아하하하. 안타깝지만 제가 화살은 못 쏩니다."

"……그러면 활은 왜 들고 있는 거냐."

"아, 그래도 활로 후려치는 건 잘합니다. 이거 보세요. 합, 하압!"

날렵한 동작이 이어진다. 만약 둔기류 장비였다면 상당히 민첩한 전사로 보였을 것이다. 하지만 안타깝게도 헥토르가 들고 있는 것은 활이었다.

파지지직!

"어, 어라. 마왕님 갑자기 왜 그렇게 험상궂은 표정을……"

"장난치지 말고 제대로 지껄여라."

"지, 진짠데…… 헉!"

그날, 4층으로 낙뢰가 수십 번 내리쳤다.

[루시엔][쿨단][칸][켄][헥토르]

[스켈레톤 병사×10]

[고블린×4]

[코볼트×3]

수행 과제였던 병력 E급은 달성했다. 총 22마리의 바쿤 병
사, 다시 잼을 모으기 전까지 한동안 이 병력으로 전투를 치
러야 했다.

"이 병사들이 초반 멤버인가. 하, 골치 아프군."

"너, 너무 상심하지 마십시오, 도련님. 그래도 지속적인 훈련
과 전투를 통해 충분히 성장시킬 수 있는 병사분들입니다. 천
천히 장비를 맞춰가며 재능과 특성, 그리고 스킬들을 부여한
다면 상당한 전력이 될 겁니다."

"그만큼 시간을 투자해야 된다는 게 문제지만 말이다. 우선
저놈들을 데리고 던전이라도 가봐야겠군."

"좋은 생각이십니다, 도련님."

판토닉에게서 나온 활과 가죽 보호대는 이미 헥토르에게 건네준 상태다. 다른 병사들의 장비도 차차 던전을 통해 맞춰가면 될 일이었다.

용찬은 즉시 모든 병사를 소집하려 했다. 한데 그 순간, 눈앞으로 해골 문양의 메시지가 나타났다.

[베텔과의 임시 동맹 관계가 파기됩니다.]
[베텔이 선전포고를 했습니다.]
[베텔과 적대 관계가 됐습니다.]

드디어 전쟁의 장이 열렸다.

그레고리는 심각한 표정으로 현 상황을 설명했다.

"도련님, 선전포고는 서열전을 뜻합니다. 서열전 일정은 마계 위원회를 통해 정해지고, 적대 관계의 지속 시간은 한 달입니다. 그동안 두 개의 마왕성은 서로 전쟁을 치러 승자를 가리게 됩니다. 먼저 항복을 선언하거나 병사들이 모두 죽은 쪽이 패배. 만약 한 달 동안 승부가 나지 않는다면 무승부로 기록됩니다. 아마 조만간 마게 위원회를 통해 정확한 전쟁 일자가 잡힐 겁니다."

"아예 놈을 죽이거나 하진 못한다 이거군."

"예. 가문이 지켜보는 이상 섣부른 살생은 불가능합니다. 베텔은 상당히 버거운 상대지만 승리하기만 한다면 단번에 서열 72위로 올라갈 수 있으실 겁니다."

마왕의 서열은 가문을 부흥시키고 영향력을 넓힌다. 또한 마계 위원회에서 서열에 따른 혜택도 받을 수 있으니 서열은 높으면 높을수록 좋았다.

"가문의 명예를 드높일 수도 있다는 소리군."

"맞습니다. 만약 이번에 베텔을 꺾으신다면 펠드릭 님께서도 도련님을 달리 보실 겁니다."

"……펠드릭 프로이스라."

문득 회귀 이전이 떠오른다. 프로이스 가문의 습격과 동시에 펠드릭과 맞서 싸웠던 기억이다. 그때 마주했던 홍염은 그 당시 능력으로도 쉽사리 막아내지 못했었다.

"가문이 어떤 반응을 보이든 관심 없지만 변화는 일으켜야겠지. 그레고리, 미리 병사들에게 다음 날 집결에 대해 통보해라."

"어떻게 하시려는 생각이십니까?"

"쓸모없는 놈들을 단기간에 성장시킨다. 어떤 놈이라도 한참 굴려놓으면 쓸모가 있어지는 법이지."

언제 서열전 일정이 잡힐지 모르는 상황이다. 용찬은 급히 계획을 잡으며 E급 던전들을 우선 목표로 했다.

◀8장▶

성장

베텔이 선전포고한 다음 날, 모든 병사가 집결했다.

첫 번째 목표로 한 던전은 바스티움, E급 던전 중에서 그나마 가까운 곳이며, 이전 마왕성에 침입한 코볼트들의 경로도 바스티움으로 예상됐다.

'이건 완전히 엉망진창이군. 그나마 기본 장비라도 갖추고 있는 게 다행이라고 여겨야 하나.'

던전 입구로 병사들이 서성인다. 대열도 질서도 안 갖춰진 부대다. 루시엔은 가늘게 뜬 두 눈으로 새로 소환된 병사들을 한심스럽게 쳐다봤다.

"뭐야, 이놈들은. 그동안 번 젬으로 이런 놈들 소환한 거야? 그 돼지 새끼를 냅다 후려칠 때만 해도 믿는 구석이 있는 줄 알았는데. 겨우 이 병력으로 베텔을 상대하겠다고?"

"이런 놈들이라니, 말이 좀 지나치네. 다크 엘프로 보이는데 너 나이 몇 살이야."

"194살이거든. 그러는 넌 몇 살인데?"

"어, 어라. 누, 누님이셨구나. 잘 부탁드려요. 헤헤헤!"

기존에 있던 병사들은 새로운 병사들을 썩 달가워하지 않았다. 같은 마왕성 소속이 된 만큼 그들의 관계도 매우 중요할 터. 하나, 지금은 던전으로 놀러 온 것이 아니었다.

"다들 조용히 해라."

카리스마가 발동된다. 시끌벅적하던 분위기는 금세 조용해졌다.

용찬은 깊게 한숨을 내쉬며 대열부터 갖추게 했다.

"지금부터 며칠간 너희들의 일정은 간단하다. 나와 개인적인 훈련, 단체 훈련, 그리고 던전 공략까지. 이 세 가지 패턴으로 쭉 이어간다."

기존 병사들의 얼굴이 굳어진다. 앞으로의 고생길이 눈앞에 선했다. 반대로 갓 소환된 병사들은 아직도 상황 파악이 안 된 것인지 두 눈만 깜빡거렸다.

"목표는 마왕성 베텔. 비록 바쿤보다 한 단계 등급이 높은 곳이지만 어찌 됐든 베텔과 전쟁을 치러야 하는 상황이다. 그런 가운데 네놈들은 거의 쓸모가 없다고 봐야 할 테지. 하지만 걱정 마라. 내가 직접 너희들을 교육시켜 주마. 단기간 내로 너희들을 약간이나마 쓸모 있게 만들어주겠다."

바쿤의 주인이 손목을 푼다. 양팔에 흐르는 위협적인 뇌격.

신규 병사들은 그제야 깨닫게 됐다.

"알아들었나?"

악몽의 시작이라는 것을.

[민하나:오늘 새로운 소식이 들어왔어요. 대형 길드에 관련된 건데 혹시 용찬 님이 속한 곳은 아니겠죠? 아, 물론 캐물을 속셈은 아니에요. 오해하지 말아주세요.]

[한채은:7번째 도시 레스트에 머더러 플레이어가 나타난 것 같아요. 이런 정보도 도움은 되겠죠?]

기존에 회유한 두 명이 부지런히 정보를 제공한다. 하나, 전부 쓰잘데기없는 내용뿐이다. 일부는 회귀 이전 용찬도 알고 있던 정보였고, 몇 가지는 소문에 지나지 않았다.

'아직 E급 플레이어 수준이니 이 정도가 한계일 테지. 처음부터 괜한 기대를 걸면 안 되겠어.'

하지만 항상 작은 변화에도 귀를 기울여야 했다. 용찬은 정보에 합당한 대가를 보내고 고개를 돌렸다.

"케케케케!"

"저리 비키라고 했잖아. 이 망할 뼈다귀야!"

"어, 엇. 누님 조심하세요!"

한데 뒤엉킨 병사들이 보인다.

잽싸게 튀어 나가던 루시엔은 쿨단에게 가로막히고, 헥토르가 휘두른 활은 오히려 루시엔을 향했다. 이제는 아군끼리 서로 피해까지 주는 상황. 엉망진창인 병사들의 전투에 적 코볼트들은 마냥 신나 날뛰기 시작했다.

'점입가경이군.'

절로 한숨이 나온다. 가만히 지켜보고 있던 용찬은 직접 코볼트들을 처리하며 전투를 일단락 지었다.

그리고 던전 진입을 잠시 중단한 채 배치부터 알려주기 시작했다.

"우선 방패술에 능한 스켈레톤 병사들이 선두에 선다. 그 중심으로 쿨단이 균형을 맞추고 전투가 시작되면 적의 공격을 막으면서 천천히 좌우로 퍼져라."

"잠시만. 선두가 뚫리면 안 되는 거 아니었어? 일부러 틈을 만들어줘서 어쩌자는 건데."

"그렇다면 너희들은 계속 뒤에서 지켜만 보고 있을 거냐. 틈을 만들어주는 것은 적에게 도움을 주기 위해서가 아니라 네

놈들의 진입 경로를 만들어주기 위해서다. 그리고 존대는 금세 잊어먹었나, 루시엔."

"으, 윽. 알, 알겠다구요!"

근접 병사가 많은 이상 그들이 날뛸 공간이 필요하다. 무작정 적을 막기만 해선 아까처럼 난장판만 될 뿐이었다.

"쿨단, 이해했나?"

달그락. 달그락!

두개골이 앞뒤로 흔들거린다. 스켈레톤들의 수장답게 어느 정도 이해한 모양이다. 쿨단은 즉시 다른 스켈레톤들에게 설명을 해주며 문제를 개선했다.

"그리고 헥토르."

"넷!"

"아무리 명중률이 낮다 하더라도 이제부터 화살을 쏴라. 안 된다면 될 때까지 해보면 되는 일이다."

"하, 하지만 전 화살도 없는데요?"

"저기 널려 있지 않나."

근처 바닥으로 화살들이 보인다. 모두 궁수 코볼트들이 쏘아 보냈던 화살이다. 일부는 촉이 부러져 재사용이 불가능했지만 몇 개는 아직도 멀쩡했다.

"……."

헥토르는 당황한 표정으로 잠시 머뭇거리더니 이내 화살들을 줍기 시작했다.

그야말로 가난한 자의 서러움.

하나, 용찬은 만족스러워하며 루시엔과 나머지 병사들에게 마저 경로를 알려주었다.

대강 배치가 정해지자 용찬은 철저히 대인 전투를 가르치기 시작했다.

우선 루시엔을 닦달했다.

"신속화는 폼이 아니다. 다른 병사보다 더욱 빠르게 움직일 수 있는 네가 정면으로 파고들면 어쩌라는 말이냐."

입을 삐죽이는 루시엔의 변명도 듣지 않고 바로 쿨단에게 고개를 돌렸다.

"내가 누차 말하지 않았나? 아군의 진입 경로를 만들어주라고 말이다. 계속 방패로 막기만 해서 어쩔 셈이냐. 차라리 뒤로 후퇴를 하든지. 판단은 빨리 내려라."

그리고.

"헥토르. 네겐 별말 안 하마. 그냥 맞추기만 해라."

가장 첫 시작은 조화다. 아군이 함께 싸우는 이상 서로 도움을 주며 전투를 치러야 했다. 용찬은 그것을 위해 초기 문제점부터 계속해서 지적했다. 그리고 체력이 떨어지면 마왕성으로 돌아가 따로 개인 및 대인 훈련을 이어갔다.

"키, 키에에."

"케에, 케에엑."

"헉헉. 이러다간 전쟁을 치르기도 전에 죽고 말 거야. 내가 원한 건 이런 게 아니었는데!"

일부는 불만을 품기도 하고 휴식을 원하기도 했지만 쉴 틈 따위 없었다. 용찬은 오히려 그럴 때마다 카리스마로 강력히 그들을 다스리며 일부러 자존심을 건드려 놨다.

"언제까지 그런 어중이떠중이들로 살 거냐. 이번 전쟁에서 도망쳐도 네놈들은 결국 거기서 거기인 놈이 된다. 내 말이 틀린가?"

"키, 키에에엑!"

"마계에서도 최하급. 가장 쓸모없는 몬스터로 취급당하는 F급이 네놈들이다. 마왕성에 없었다면 너희들은 병사도 아닌 몬스터로 전락해 있었겠지."

바쿤의 병사들도 약자 취급하는 마계의 시선이다. 이걸 뒤집기 위해선 반드시 베텔부터 꺾어야 했다.

"루시엔, 넌 강해지기 위해 들어온 것이 아니었나?"

병사들의 투쟁심에 불을 지핀다.

"쿨단, 아직도 헤르덴 상단은 온전히 남아 있다. 복수하고 싶지 않나?"

다시 꺼져가는 복수의 불씨를 되살린다.

"칸, 켄, 헥토르. 그리고 나머지 네놈들은 억울하지도 않은 거냐. 이대로 평생 최하급 마물로 살겠다고?"

마계 내에서 기껏해야 화살받이 취급을 받는 그들이다.

파지지직.

"그렇다면 힘을 길러라. 강해져라. 언제나 강한 자가 모든 것을 휘어잡는 법이다. 앞으로 너희들에게 새로운 길을 열어주겠다. 바쿤이 제일 약한 마왕성이 아니란 것을."

콰아앙!

"너희들의 손으로 직접 증명해라."

낙뢰와 함께 변화의 바람이 불어왔다.

"칫. 웃기지 말라고. 자기 때문에 마왕성이 이 꼬라지가 된 거면서 이제 와서 폼 잡고 난리야. 두고 봐. 언제고 입이 떡 벌어지게 만들어주겠어."

"그만 중얼거리고 얼른 덤벼라."

"안 그래도 간다구요!"

잔뜩 날을 세운 루시엔이 달려든다. 몇 번 강조한 효과가 있던 것인지 정면으로는 달려들지 않았다.

하나, 아직도 패턴은 단조로웠다. 용찬은 가볍게 몸을 뒤틀어 손목을 낚아챘다.

"이도류를 동시에 휘두르려 하지 마라. 연달아 휘두르는 것보다 틈이 더 벌어진다."

"으읏. 그게 말처럼 쉽…… 꺄아악!"

"자, 다시 덤벼라."

개인 훈련은 일대일 방식으로 이루어진다.

바쿤의 유일한 E급 용병인 루시엔. 다크 엘프 종족이자 날렵한 신체를 가진 그녀는 아직까지 신속화를 제대로 활용하지 못했다. 병사 중 그나마 전력이 되는 만큼 개인 강습은 느슨하게 할 수 없었다.

바닥을 나뒹굴던 루시엔은 이를 갈며 재차 달려들었다.

"꺄아아악!"

"다시."

"아흑!"

"다시!"

그날 루시엔은 수십 번 바닥을 굴렀고, 쿨단과 헥토르까지 개인 훈련이 이어지며 모두 녹초가 되고 말았다.

[루시엔의 체력 능력치가 1 상승했습니다.]

[쿨단의 내구 능력치가 1 상승했습니다.]

[헥토르의 민첩 능력치가 1 상승했습니다.]

점차 훈련의 성과가 나오기 시작했다. 아직 전투 경험이 부족하긴 했지만 그것도 슬슬 적응하고 있는 차다.

'그때 자존심을 건드린 게 효과가 있던 모양이군.'

불만은 줄어들고 충성심은 높아진다. 모두 최하위에서 벗어나기 위해 노력했다. 물론 일부는 아직도 잔꾀를 부렸지만 그럴 때마다 더욱 가혹하게 훈련을 시켰다.

그리고.

[보스 출현, 바스티움의 거대 코볼트 몰루가 나타났습니다.]

마침내 병사들이 보스 방에 도달했다.

"케에에에에!"

미약한 피어가 울린다. 다른 코볼트보다 배는 덩치가 큰 보스다.

스켈레톤 병사들은 쿵쿵 걸어오는 몰루를 확인하고 자리를 잡았다. 그리고 방패를 꺼내 자세를 취했다.

콰아앙!

커다란 몽둥이가 병사들을 뒤로 밀어냈다. 하나 하체에 힘을 싣고 있던 덕분에 균형이 무너지진 않았다.

몰루는 그들이 쓰러지지 않자 인상을 구기며 재차 몽둥이를 휘둘렀다.

그 순간, 중심에 있던 쿨단이 튀어나왔다.

[철갑화가 발동됩니다.]

신형 전체로 확장되는 견갑골. 내구력을 보다 강화한 쿨단은 방패를 치켜들고 몽둥이를 막아냈다. 곁에 있던 스켈레톤 병사들이 길을 트며 진입 경로가 만들어졌다.

푹!

가장 먼저 몰루의 어깨로 화살이 꽂혔다.

"내, 내가 맞췄어. 드디어 맞췄다고!"

"한심하게 그거 갖고 기뻐하고 있는 거야?"

"한 번도 명중시키지 못하던 제가 처음으로 맞춘 거라구요. 당연히 기쁘죠!"

"너도 참 답……."

쿠웅!

대기하고 있던 병사들 앞으로 파편이 날아온다. 선두의 스켈레톤 병사 몇 마리가 강제 이탈된 모양이다.

"너희들 뭐 하고 있는 거야. 똑바로 막아내라고!"

"키에엑!"

"케에, 케에!"

드디어 근접 병사들이 튀어 나갔다. 미리 만들어진 경로를 통해 합류한 그들은 즉시 좌우로 퍼지며 시선을 분산시켰다. 그리고 차례차례 타이밍에 맞춰 치고 빠지기를 반복하기 시작했다.

[신속화(공용)가 발동됩니다.]
[집단 구타가 발동됩니다.]
[최하급 둔기술이 발동됩니다.]

놈을 중심으로 사방에서 공격이 이어진다.

특히 루시엔의 몸놀림은 이전보다 나아진 상태였다.

"지금!"

두 자루의 검날로 모여드는 마력.

코볼트들에게로 시선이 돌려진 지금이 기회였다. 루시엔은 잽싸게 후방으로 파고들어 발목을 베어냈다.

"케에에에엑!"

놈이 비틀비틀거린다. 지금이라면 연타를 시도할 만했다.

하나, 뒤늦게 날아온 화살이 머리를 스쳐 지나가며 발걸음이 멈췄다.

"어디다가 화살을 날리는 거야!"

"죄, 죄송해요. 누님. 분명 전 저놈을 맞추려고 했는데 엉뚱한 곳으로 날아가 버렸네요. 아, 처음에는 명중했었는데 왜 또 안 맞는 거지."

아직까지 완벽할 순 없는 것인지 실수는 번번이 일어났다.

간담이 서늘해졌던 루시엔은 재차 달려들려 했지만 이번에는 쿨단이 방패를 놓쳐 버리고 말았다.

몰루는 그 틈을 놓치지 않고 근접 병사들을 밀쳐냈다.

[도움 요청이 발동됩니다.]
[몰루가 부하 코볼트들을 불러냅니다.]

혼자는 버겁다고 느낀 것인지 증원이 요청됐다.

바쿤 병사들은 즉시 뒤로 물러나 다시 자리를 잡았지만 너무 엉성했다.

이대로는 전열이 무너질 수도 있는 상황.

파지지직.

뇌격이 튀어 오른다. 한 청년이 열 마리의 코볼트 앞에 나서 길을 가로막았다. 바쿤의 진정한 주인, 병사들을 여기까지 이끌고 온 용찬이었다.

"우선 이놈들은 내가 맡는다. 너희들은 보스 처치에 전념해라."

"케에에!"

"네놈들은 여기서 나랑 놀아줘야겠다."

잔혹한 미소가 입에 걸린다. 용찬은 단숨에 코볼트들을 때려눕히며 부하들을 정리했다. 멀리서 지켜보던 바쿤의 병사들은 질렸다는 표정으로 고개를 돌렸다.

"케, 케에에?"

어느새 자신감 넘쳐 하던 몰루가 당황스러워하고 있었다.

[거대 코볼트 몰루를 제거했습니다.]

[던전 바스티움을 공략했습니다.]

[보상이 지급됩니다.]

장장 두 시간에 걸친 전투 끝에 거대 코볼트가 쓰러졌다.

'D급 보스를 상대로 두 시간이라. 아직 한참 멀었지만 지금은 이 정도로 만족해야겠지.'

오직 병사들만의 힘으로 E급 던전을 클리어한 상태다.

그들을 며칠 만에 여기까지 끌어올린 것만 해도 대단한 성과였다.

용찬은 타이머를 끄고 몰루에게서 나온 아이템들부터 확인했다.

[몰루의 방망이]

[너덜너덜한 체인 아머]

[거대 코볼트 가죽]

매직급 장비 두 개와 매직급 재료 한 개. 함께 나온 오백 골 드까지 포함한다면 나름 짭짤했다.

'장비의 옵션도 꽤 괜찮군.'

방망이는 스턴 확률 상승, 체인 아머는 냉기 저항율 상승이 었다. 방어구 같은 경우 현재 착용한 장비보다 성능은 좋았지 만, 거치적거리는 경갑은 매우 불편했다.

결국 용찬은 이번 전투에서 가장 활약한 쿨단에게 체인 아 머를 건넸다.

그리고 몰루의 방망이까지 켄에게 건네며 정산을 마쳤다.

"키에엑!"

달그락! 달그락!

장비를 건네받은 병사 두 명이 기뻐한다.

다른 병사들은 다소 불만 어린 표정으로 고개를 돌렸다.

"불만 가지지 마라. 특히 루시엔."

"웃!"

"항상 정산은 활약한 순으로 돌린다. 그리고 너 같은 경우 보 스에게 가장 많이 피해를 주었지만 딱 맞는 장비가 안 나왔다. 설마 체인 아머와 몽둥이를 착용하고 싸울 생각은 아니겠지?"

"그, 그런 것쯤은 알고 있다구…… 요."

투쟁심 다음은 경쟁심.

항시 병사들은 눈앞의 결과에만 만족해선 안 됐다. 전투를 치르는 동안은 아군이지만 언제나 경쟁자라고 생각해야 더욱 분발이 가능했다.

'의욕만 앞서도 문제가 되긴 하지만 지금은 불을 지펴야 할 시기다.'

전력을 강화하고 가다듬는다. 훌륭한 병사들은 한순간에 생기는 것이 아니었다.

[F급 스켈레톤 병사 10마리가 방패병으로 전직했습니다.]
[F급 고블린 4마리가 전사로 전직했습니다.]
[F급 코볼트 3마리가 전사로 전직했습니다.]

마침내 모든 병사의 직업이 갖춰졌다.

용찬은 만족스러워하며 마왕성으로 돌아갔다.

◀ 9장 ▶
마왕의 선언

[플레이어 명:고용찬]

[등급:티]

[종족:마족]

[직업:무투가]

[특성:1]

[스킬:4]

[칭호:바쿤의 마왕]

[권능:봉인 상태]

[힘:10][내구:7][민첩:8][체력:10]

[마력:4][신성력:0][행운:5][친화력:3]

약간 상승한 능력치가 보인다. 병사 훈련 겸 클리어한 던전에서 얻은 능력치 스톤 덕분이다.

'권능은 아직까지도 봉인 상태군. 역시 무슨 특정 조건이 있는 건가.'

헨드릭이 망나니가 된 이유는 재능이 없는 것도 있었지만 권능을 발현 못 한 것이 가장 컸다. 회귀 이전에도 그는 아무런 능력 없는 최하급 마족에 불과했으니 다른 마왕들과 격차가 벌어지는 것은 당연했다.

똑똑.

문을 열고 집사 그레고리가 들어온다.

"도련님, 마계 위원회 분들이 찾아왔습니다."

"드디어 마계 위원회인가."

"아마 이번 서열전에 대해 내용을 전달할 모양입니다. 어떻게 하시겠습니까?"

마왕들의 경쟁을 총관리하는 위원들이다. 마계 또한 거의 그들 중심으로 돌아가고 있으니 실질적인 권력은 마왕보다 높았다. 물론 일부 위원 중엔 가주 출신인 자도 있었지만 최하위 마족을 어떻게 생각할지야 뻔했다.

'마계를 정벌할 때도 그놈들 때문에 곤란한 적이 한두 번이 아니었지. 우선 한번 만나봐야겠군.'

어차피 앞으로 쭉 마주쳐야 할 작자들이다. 용찬은 판단을 내리고 자리에서 일어났다.

"그레고리, 지금부터 호칭을 바꿔라."

"알겠습니다, 마왕님."

"지금 그놈들은 어디 있지?"

"막 접대실로 안내해 드린 차입니다. 따라오시죠."

그레고리가 앞장선다. 이제 유흥에 흥청망청 돈을 쓰던 망나니가 그들을 맞이하러 갈 시간이다.

용찬은 차분히 발걸음을 옮기며 접대실로 향했다.

다이러스 가문. 바이칼 국가의 네 번째 도시를 통치하는 명가다. 줄곧 통치자를 선출한 경력은 물론 서열 34위에 달하는 준수한 실력으로 마왕성을 관리해 왔다.

특히 전대 마왕이던 겐트 다이러스는 일찍이 가문으로 복귀해 위원으로 출마했고, 도시 내 마족들의 열렬한 지지를 받아 위원회의 일원으로 선출됐다.

가문의 명예는 드높아지고 후계자의 영향력도 늘어가는 상황. 하나 겐트는 만족하지 못했다. 아니, 만족할 수 없었다.

'이것들은 다 중요하지 않아. 문제는 바로 놈이다. 펠드릭 프로이스, 그놈만 완벽히 무너트릴 수 있다면 지금 이것들은 다

그 수단에 불과해!'

전대 마왕 때부터 마찰을 빚었던 펠드릭이다.

초기 시절에만 해도 서열이 높지 않던 그는 누구에게나 딱 좋은 먹잇감이었고, 가문끼리 앙숙지간이던 겐트 또한 가장 먼저 바쿤을 노렸었다.

하나 결과는 아주 처참한 패배. 단 한 번의 서열전으로 인해 마왕성 내 병력은 모조리 사라졌고, 고유 등급 또한 폭삭 내려가게 됐다.

그 이후 겐트는 부지런히 젬을 모아 복구에 충실했지만 결국 서열 34위로 자리에서 내려오게 됐고, 가문으로 복귀한 다음에도 그 기억은 여태껏 트라우마로 남겨져 있었다.

'놈에게 절망을 심어주기 위해선 가장 작은 것부터 시작해야 할 필요가 있어. 그런 점에서 미뤄 볼 때 이번 서열전은 마침 좋은 기회지.'

서열전에 대한 소식은 이미 가문으로 전해진 지 오래다.

베텔에게 패배라도 하게 되면 마왕성은 물론 가문까지 피해를 받게 되니 계속 외면은 불가능했다.

'혹여 놈이 뒤늦게 지원을 해줄 수도 있지만 서열전 기간 동안은 그런 것도 불가능해. 어떻게 그 망나니가 헤르덴 상단을 쫓아냈는지는 몰라도 결국 최하급 마족 놈일 뿐. 잘만 구슬리면 쉽게 항복 선언을 받아낼 수도 있겠지.'

기다리는 시간이 점점 즐거워진다.

접대실에 앉아 있던 겐트는 함께 온 위원 그란과 차를 마시며 느긋이 망나니를 기다렸다.

똑똑.

마침내 집사와 함께 헨드릭이 모습을 드러냈다.

"오래 기다리셨습니까. 바쿤 마왕성의 헨드릭 프로이스입니다."

"뭘 하다 이제 오는 건가? 감히 날 기다리게 만들다니."

"죄송합니다."

"흥! 뭐, 됐네. 어차피 지금 그 목숨도 보장할 수 있는 것은 아닐 테니."

마계 위원들과 마왕들의 관계는 갑과 을이다. 겉으로 드러나진 않지만 마음만 먹는다면 마왕에게 힘을 실어주거나 역으로 페널티를 주는 것도 가능했다. 그로 인한 각종 비리도 번번이 세간에 알려지곤 했지만 대면할 때의 압박감은 결코 피할 수 없었다.

'흐음? 듣기로는 개망나니라고 하더니, 지금은 아니군. 크큭! 하긴, 그런 계략 정도는 가지고 있어야 뒤통수를 칠 여지라도 있었겠지. 재밌는 전쟁이 벌어질 뻔했어. 결과야 마찬가지겠지만!'

일순 굳어졌던 헨드릭의 표정이 매우 차분해진다. 짧은 순간 관찰을 마친 겐트는 수염을 매만지며 입을 열었다.

"난 겐트 다이러스네. 이쪽은 함께 온 그란 폴리시언이고 말이지. 우리가 네놈을 찾아온 이유는 들었겠지?"

"서열전에 대한 내용을 전달한다고 들었습니다."

"맞아. 아무리 마왕들이라고는 해도 마계의 규칙은 지켜야 하는 법이니까."

테이블 위로 종이가 놓인다. 마계어로 빼곡히 채워진 서열 전 규칙이다.

헨드릭은 잠시 규칙을 보더니 이내 질문했다.

"승리하게 될 시 상대방에게 특정 보상을 요구할 수 있다고 적혀 있는데 예를 들어 어떤 것을 요구할 수 있습니까?"

"간단하네. 마왕성의 젬이라든가, 병사라든가, 그것도 아니면 골드, 혹은 가문이 소유하고 있는 일정 영토지. 뭐, 자네에 겐 해당 사항이 없을지도 모르지만 말이지. 크큭!"

"……그건 무슨 말씀이십니까?"

"별말 아니야. 그나저나 미리 베텔에 한번 들렀다 오는 길인데 말이지. 바쿤 따위와는 비교도 할 수 없다는 사실을 알고 있나? 정말 네놈은 바쿤이 이길 거라고 생각하는 거냐?"

최하위 서열끼리의 싸움이지만 그들 사이에도 격이 존재했다. 이대로 맞붙는다면 바쿤의 패배는 거의 확정, 아니, 반드시 패배였다.

"해봐야 안다고 생각합니다만."

"내 생각에는 자네가 항복하는 편이 그나마 자리를 유지하는 거라고 생각하는데 말이야?"

"……제게 항복 선언을 하라는 겁니까?"

"말귀는 그나마 알아듣는구만. 어차피 질 전쟁인데, 굳이 붙어봐야 아는 건 아니지 않나? 더 비참해지기 전에 조용히 끝내는 것도 좋은 방법이라는 걸 알려주는 걸세. 대가는 물론 따로 보수도 내가 챙겨주지. 어떤가."

"제게 이런 제안을 하시는 이유가 무엇입니까?"

"최근 들어 서열전이 번번이 일어나고 있다네. 그로 인해 가문들은 기껏 소유한 영토를 내주고 있는 실정이지. 우리로선 별로 달가운 일이 아니야. 갑자기 균형추가 기울어지면 뒤처리는 전부 우리 마계 위원회가 감수해야 하는 거거든. 게다가 프로이스 가문의 땅이 파이멀린 가문에게로 넘어가기라도 한다면 다른 마왕 녀석들이 개떼같이 베텔로 모여들 걸세. 그래서야 우리만 개고생하지 않겠나?"

특정 수입원들을 보유하고 있는 프로이스 가문의 도시들이다.

헨드릭과 픽스의 서열 차이는 고작 2단계. 등급 또한 한 단계 차이라는 것을 고려해 봤을 때 보상 제안의 페널티는 극히 적었다. 그런 가운데 픽스가 프로이스의 땅을 얻어 서열을 올린다면 다른 마왕들이 호시탐탐 노릴 것은 당연했다.

겐트는 고민하는 헨드릭을 보며 입꼬리를 말아 올렸다.

'네깟 놈이 그러면 그렇지. 서열전이 벌어졌다고 하길래 무언가 달라졌나 싶었더니 결국 최하급 마족 놈이었어. 자, 어서 승낙하라고. 어차피 승산도 없는 싸움이야. 망설일 필요도 없다고.'

항복을 선언해도 자신이 대가를 지불할 필요는 없다. 게다가 따로 보상도 지급 받는다. 최하급 마족이라면 누구라도 승낙할 제안이었다.

하나, 고민하던 헨드릭은 이내 고개를 가로저었다.

"필요 없습니다."

"뭐, 뭐!"

"필요 없다고 했습니다. 다시 한번 말씀드려야 합니까?"

"네놈, 지금 네 주제를 알고 거절을 하고 있……."

"사양하겠다고 하지 않았습니까."

"이이이익!"

건방진 마왕의 모습에 화가 일었다. 겐트는 자리에서 벌떡 일어나 본색을 드러냈다.

"네깟 놈이 베텔에 이길 거라고 생각하는 거냐!"

"결과는 나와봐야 아는 것입니다. 더 이상 할 말 없으시면 이만 물러가 주십시오."

"후회하게 될 거다. 내 제안을 거절한 것을 네놈이 살아 있는 내내 후회하게 될 게야!"

"그레고리, 손님들을 마왕성 입구까지 안내해 드려라."

벽에 서 있던 집사가 고개를 끄덕인다. 이것으로 접대는 종료였다. 그렇게 겐트와 그란은 아무런 소득 없이 반 강제적으로 바쿤에서 쫓겨나게 됐다.

🐏

"마왕님. 아무리 그래도 마계 위원회의 일원을 적으로 돌리는 것은 위험하지 않겠습니까?"

위원들이 돌아가자 그레고리가 조심스럽게 걱정을 털어냈다.

그도 그럴 것이 가문과 동시에 도시를 통치하며 입지를 다지고 있는 다이러스 가문이다. 럼셀 마왕성을 운영 중인 후계자까지 생각한다면 현 바쿤의 상황에선 고개를 숙여야 했다.

하나, 용찬의 입장에선 달랐다.

'펠, 펠드릭 프로이스. 그, 그놈만 아니었으면. 나는 더……'

원망 어린 통곡이 들려온다. 죽기 직전까지도 펠드릭의 이름을 불렀던 겐트. 회귀 이전 다이러스 가문을 직접 토벌했던 용찬으로선 그의 속내가 뻔히 보였다.

'어차피 제안을 승낙했어도 놈은 뒤늦게 모른 척했겠지. 결국 적이 될 수밖에 없는 놈이다. 이렇게 된 이상 정면 돌파가 답이야.'

예기치 못한 대면으로 인해 접대실에도 순간 표정이 굳어버렸지만, 다행히 의혹을 사지는 않은 듯싶었다. 게다가 또 다른 적이라고 해도 직접 베텔에 도움을 주진 못할 터. 문제는 어떤 식으로 방해를 하는가였다.

"겐트 다이러스는 펠드릭 프로이스에게 원한이 깊은 놈이다. 제안을 받아들인다고 해도 지킬 놈은 아니지."

"저도 다이러스 가문에 대해선 들은 것이 있습니다만……."

"그만. 나머지는 내가 알아서 한다."

지금 중요한 것은 베텔이다. 병사들의 성장에 집중하는 중에 다른 쪽까지 신경 쓸 여력은 없었다.

용찬은 재차 훈련을 위해 방을 나서려 했다. 그 순간, 눈앞에 해골 문양의 메시지가 나타났다.

[서열전의 대가가 강화됩니다.]

[동맹 관계인 마왕성의 지원이 금지됩니다.]

예상대로 방해가 들어왔다. 바쿤과 베텔의 전면전이다. 패배한 마왕은 즉시 가문과 함께 마왕성에 치명적인 피해를 남길 터. 이젠 뒤를 생각할 수 없는 배수진의 전쟁이었다.

'직접적으로 관여는 못 하니 이런 식으로 방해하는군. 아주 갈 데까지 가보자 이건가.'

어차피 거쳐야 할 난관이다. 이렇게 된 이상 확실히 상대를 짓밟아야 했다.

'내가 어떤 놈인지 똑똑히 알려주지.'

[서열전 일정이 확정됐습니다.]
[총책임자:겐트 다이러스]

바쿤과 베텔의 서열전 날짜가 잡혔다. 비록 최하위 마왕들
간의 전쟁인 만큼 주목도는 낮았지만, 망나니 마왕의 첫 전쟁
이기 때문인지 일부에선 약간의 관심을 두기도 했다.

하나, 용찬은 세간의 시선을 무시한 채 오로지 병사들의 성
장에만 전념했다.

[검은 임프 카루달을 제거했습니다.]
[던전 파노리언을 공략했습니다.]
[보상이 지급됩니다.]

화염구를 쏘려던 임프가 쓰러진다. 벌써 세 번째 E급 던전
공략이다. 마지막 화살을 미간에 명중시켰던 헥토르는 방방
뛰며 기뻐했다.

"다들 보셨죠. 마무리는 제가 했다구요. 이번 전투의 활약

상은 누가 봐도 저 아니겠어요?"

"칫! 마지막에 한 번 명중시켰다고 우쭐대긴."

"키엑. 키에엑!"

서서히 병사들 간의 경쟁이 치열해진다.

능력치뿐만 아니라 장비 또한 강해질 수 있는 필수 요소다. 전투가 끝나자마자 보스에게서 나온 장비로 눈길이 가는 것은 당연했다.

'이제 3일 정도 남은 건가. 총책임자가 겐트라는 게 마음에 안 들긴 하지만 규칙이 있으니까 대놓고 수작을 부리진 못하겠지.'

마계 위원회 내에도 엄연히 세력은 존재한다. 마왕들 간의 공정한 서열전을 위해 감독을 나오는 인원은 세 명. 그들은 각자 다른 세력에 속한 위원들로 구성된다.

아무리 총책임자라고 해도 그들을 회유하거나 하진 못할 터. 미리 책임자 권한을 통해 수작을 부렸다지만 더 이상 다른 위원 앞에서 베텔의 편을 들어주는 것은 불가능했다.

"마왕님, 정산 안 하시는 겁니까?"

"재촉하지 마라. 우선 이번 전투에서 가장 활약한 병사를 말해주마."

"헤헤. 당연히 저겠죠?"

"루시엔이다."

"예에에에?"

뱀파이어는 절망하고, 다크 엘프는 어깨를 으쓱거린다. 용찬은 재빨리 장비를 정산하고 골드를 챙겼다.

'이걸로 3천 골드쯤 모은 건가.'

마왕성을 운영하는 데 있어서 젬도 중요하지만 골드도 매우 중요하다. 젬으로 환전이 가능한 것은 물론 식량 조달, 장비, 아이템 구매 등 갖가지 분야에 필요했다. 한동안 던전을 공략하며 재정을 마련해 놨으니 당장 식량 문제는 걱정 없을 것이다.

용찬은 E급으로 승급한 신규 병사들을 살피며 고민했다.

'장비는 대충 맞춰놨지만 스킬과 특성이 부족한 게 문제군.'

숫자도 부족한 바쿤의 병력이다. 마왕성 상점을 통해 부족한 점을 보완할 수도 있긴 했지만 지금은 젬보다 성장이 더욱 중요했다.

게다가 홀로 모든 적을 상대할 순 없는 현 상태였다. 어떻게든 부족한 병사들을 이용해 전투를 승리로 이끌어야 했다.

"본격적인 전력 강화는 서열전 이후가 되겠군. 우선 마왕성으로 귀환한다."

"야, 왜 자꾸 노려보는 건데? 결과에 승복하라고!"

"누님, 저어어엉말 대단하시네요."

그날, 헥토르는 하루 종일 루시엔을 노려봤다.

서열전은 빠르게 찾아왔다. 남은 기간 동안 훈련에 전념했던 용찬은 즉시 모든 병사를 집결시켰다. 그리고 마왕성을 방문한 마계 위원을 맞이했다.

"마계 위원회 일원 골렌 프리도스라고 하네."

"헨드릭 프로이스입니다."

"그동안 준비는 많이 해두었나?"

시선이 절로 병사들을 향한다. 다른 마왕성에 비해 매우 초라하기 그지없는 병력이다.

엄숙한 태도로 서 있던 골렌은 가볍게 허를 찼다.

"결과가 너무 뻔해 보이는군. 이런 서열전에 독을 품고 있었다니. 젠트 놈도 어지간히 한심한 놈이군."

"저게 지금 뭐라고 하는 거야!"

"병사들의 예의도 무척 떨어지는군. 바쿤의 첫 서열전이라고 하기에 무언가 달라졌나 싶었더니 순 허탕이었어. 쯧, 슬슬 이동하지. 베텔 쪽으로 간 젠트 놈도 지금쯤 필드로 이동하고 있을 테니까."

허를 차며 루시엔을 한심스럽게 쳐다보는 골렌. 마계 위원회의 일원답게 면전에서 대놓고 본심을 드러냈다. 그는 괜한 기대를 접고 이동 게이트를 시전했다.

"규칙은 알고 있을 테지?"

"필드에서 한 달 동안 승자가 가려질 때까지 전쟁 아니었습니까?"

"대충 구조는 이해하고 있군. 그래, 줄곧 망나니 취급받았다고 했던가. 가문에서도 버림받았으니 이번 서열전은 더욱 절박할 테지. 알아서 잘 노력해 보게."

"대가 강화와 지원 금지 룰에 대해선 아무 언급 안 하시는군요."

"어차피 마왕들 간의 합의하에 이루어진 것 아니었나? 난 픽스와 자네 두 명이 서로 동의했다고 알고 있네. 내 말이 틀린가?"

서로 다른 세력인 겐트의 수작을 알면서도 모르는 척한다. 그 정도로 최하급 마족에겐 관심이 없다는 뜻이다.

용찬은 가볍게 실소하며 고개를 저었다.

"그러면 안에서 기다리고 있겠네. 10분 내로 모든 준비를 마치고 들어오게."

"알겠습니다."

골렌이 먼저 게이트로 사라졌다. 뒤에서 지켜보고 있던 병사들은 굴욕감에 몸을 부르르 떨었다.

하나, 용찬은 아무런 반응 없이 조용히 등을 돌렸다. 그리고 장갑의 뇌격을 일으키며 입을 열었다.

"봐서 알겠지만 바쿤에 대한 시선은 이렇다. 모두 우리의 패배를 예상하고 있지. 솔직히 나도 당연하다고 생각한다."

파지지직.

"하지만 당연한 것을 뒤엎는 게 반전이지. 서열전에서 우리가 할 일은 오직 하나."

카리스마가 발동된다. 바쿤의 주인은 서열전을 위해 첫 지시를 내렸다.

"베텔을 짓밟는다."

전쟁의 시작을 알리는 마왕의 선언이었다.

◀ 10장 ▶
서열전

　서열전. 마왕성을 물려받은 마왕들 간의 경쟁이다.

　서열, 가문, 젬, 골드, 병사, 영토 등 갖가지 목적으로 서열전이 벌어지고, 마계 위원회를 통해 필드 내에서 공정히 전쟁을 벌인다.

　필드의 종목은 수십 가지다. 서열전의 감독을 맡은 총책임자가 직접 종목을 정하고, 각 마왕성 등급에 맞춰 페널티 및 특전을 부여한다.

　바쿤과 베텔의 등급은 한 단계 차이. 원래라면 적당히 밸런스를 조종해 줘야 했지만 용찬은 기대하지 않았다.

　'겐트 놈한테 무엇을 바라는 것도 멍청한 짓이겠지.'

　게이트를 넘어서자 다시 마왕성 내부가 드러난다. 서열전에 맞춰 구성된 또 다른 마왕성이다. 필드에 있는 동안 본래 마왕성은 마계 위원회에 의해 철저히 보호된다고 하니 걱정은 하지 않아도 될 터다.

"헨드릭 프로이스. 쓰레기 같은 망나니 놈이 결국 여기까지 찾아왔구나."

"……픽스 파이멀린이라고 했던가. 오랜만이군."

"친근한 척 굴지 마라. 역겨운 놈. 주제를 모르고 기어오르다니. 이번 기회에 아예 철저히 교육시켜 주지."

푸른 머릿결이 찰랑거린다. 주로 마법을 다루는 것인지 백색 로브를 걸친 모양새다.

베텔의 주인 픽스 파이멀린. 그는 하찮다는 표정으로 몹시 으르렁거렸다. 하나, 용찬은 담담히 눈빛 한 번 피하지 않고 마주 봤다.

'쓰레기 같은 플레이어 놈들. 내 마왕성에 침입한 것을 후회하게 만들어주마!'

회귀 이전과 표정 하나 다르지 않다. 끝내 최하위 서열에서 벗어나지 못한 픽스는 마왕성에서 매우 허무한 최후를 맞이했었다.

'주로 냉기 마법을 사용했었지.'

뇌격이 파지직거린다. 용찬은 가볍게 어깨를 풀며 곁에 있던 겐트를 쳐다봤다.

'눈빛만으로 사람을 죽일 수 있었다면 진작에 죽었겠군.'

따가운 눈초리가 느껴진다. 접대실에서 제안을 거절한 것 때문인지 아주 독기를 품고 노려봤다.

사방이 적인 상황.

베텔 병사들 사이에 있던 한 마족 여인도 비웃음을 지으며 여유롭게 다가왔다.

"어차피 패배할 건데 그냥 지금 항복하는 게 어때요. 일부러 창피당할 필요는 없잖아요?"

"너는 누구지."

"전 헤르덴 상단주 메르비라고 해요. 베텔에서 머물고 있죠. 아무리 봐도 병력부터 차이가 훤히 나는데 정말 이길 수 있을 거라고 생각하시는 거예요?"

"입 다물어라."

"뭐, 뭐라구요?"

기가 차다는 표정이다. 최하급 마족에게 모욕을 당했으니 저럴 만도 했다.

하나, 용찬은 개의치 않고 아예 못을 박아버렸다.

"잘 안 들린다면 다시 한번 말해주지. 입 다물라고 했다."

"크, 큭. 후회하게 되실 거예요. 아주 나락 끝까지 떨어지게 만들어줄 거라구요!"

"다들 조용. 이제 잡담은 그만해라. 슬슬 서열전을 시작하도록 하겠다."

중앙으로 위원들이 걸어 나왔다. 바쿤과 베텔의 병사들은 서로 맞은편에 서서 서로를 죽일 듯이 노려봤다.

젠트가 위원회의 봉을 들어 올리자 마력이 공명했다.

"서열전을 시작하도록 하지. 종목은 점령전. 필드 내에 있는 점령지를 확보하고 획득한 점령 포인트를 통해 버프 및 서열전 전용 아이템을 구매해서 전투를 승리로 이끄는 구조다. 최종 승리 목표는 두 곳 이상의 점령지를 확보하고 상대 마왕성의 수정구를 부수는 것이다. 바쿤과 베텔의 등급은 한 단계 차이. 서열전 규칙상 페널티와 특전이 부여된다."

점령전. 규칙서에 적혀 있던 종목 중 하나다. 점령지는 총 다섯 개이며 지형과 필드 구조는 무작위로 설정된다. 게릴라전이 가능한 바쿤에게도 희망이 있는 종목으로 보일 수도 있지만, 실상은 병사가 많은 베텔이 매우 유리했다.

순간적으로 젠트와 눈빛을 교환한 픽스는 오만한 표정으로 조소를 흘렸다.

"네놈들이 어떤 식으로 발버둥 치는지 기대해 주지. 내 직접 쓰레기 놈에게 절망이 무엇인지 알려주도록 하마."

벌써 승리를 확신한 기세다. 용찬은 기고만장한 그를 보며 피식 웃어주었다.

그리고 서로 각 마왕성으로 이동되며 본격적인 점령전이 시작됐다.

[바쿤의 수정구]

[점령지:0]

[점령 포인트:0]

[베텔의 페널티:포인트 획득량 감소.]

[바쿤의 특전:포인트 획득량 상승.]

[전쟁 기간:30일.]

임시적으로 만들어진 바쿤으로 이동됐다.

가장 먼저 보인 것은 필드 내 지도다.

서로 가장자리에 위치한 바쿤과 베텔, 그리고 그사이에 놓인 다섯 곳의 점령지. 지형은 언덕, 평지, 구릉지 등 각자 달랐다.

"으으. 그놈들 전부 우리를 얕잡아 봤어. 아주 하찮게 쳐다봤다고. 절대 용서 못 해!"

"맞아요. 특히 그 픽스란 마왕 놈은 오만하기 짝에 없었어요. 메르비란 여자도 저희에게 항복을 선언하라고 했구요. 본때를 보여줘야 해요, 누님!"

"하. 일부러 창피당할 필요가 없다고? 베텔에게 빌붙은 상단주 주제에. 그년은 반드시 내가 짓밟아주겠어!"

완전히 약자 취급받으며 무시당했다. 병사들은 오만한 베텔을 떠올리며 분노했다. 특히 루시엔은 무척 열이 받은 모양이다. 용찬은 후끈한 열기에 만족스러워하며 페널티와 특전을 살폈다.

'역시 가장 쓸모없어 보이는 최하위 페널티와 특전을 부여했군. 종목도 겐트 놈이 직접 선정한 거겠지.'

어느 측면에서 봐도 바쿤이 무척 불리하다. 점령 포인트를 통해 기회를 만들 수도 있었지만 그것도 점령지를 확보해야만 가능했다.

게다가 베텔은 병사 수만 해도 80여 마리다. 모두 E급인 것과 용병의 존재 여부까지 생각해 본다면 점령지 숫자에서부터 밀릴 가능성이 컸다.

"저쪽은 점령지 수비 및 확보 둘 다 탁월하겠어."

"뭐 하는 거야. 얼른 점령지를 확보하러 가야지. 이러다간 전부 뺏기겠다고!"

"존대해라. 그리고 애써 점령지를 많이 확보해 봐야 별 쓸모없다."

"그게 무슨 소리야…… 요."

"우리 입장에서 여러 곳을 동시에 방어하긴 힘들다."

어차피 점령지를 세 곳 이상 확보해도 뺏기는 것은 시간문제다. 하나, 용찬은 점령전의 규칙을 떠올리며 입꼬리를 말아

올렸다.

"하지만 뺏기든 말든 점령 포인트만 얻을 수 있다면 계속 확보하는 것도 좋은 방법이겠지. 우선 갔다 와라, 루시엔."

"뭐, 뭐. 나?"

"지도를 주마. 적 마왕성 앞에 있는 점령지를 제외한 나머지 점령지를 모두 확보하고 돌아와라."

"그치만 그렇게 되면 바로 뺏겨 버리잖아…… 요!"

"상관없다. 어서 달려라."

"으으. 도대체 무슨 생각을 하는 건지!"

툴툴거리던 다크 엘프가 뛰쳐나간다. 날렵한 신체와 더불어 신속화를 가지고 있는 루시엔이다. 아까 봤던 베텔의 병사들을 떠올린다면 속도 면에서 그녀를 능가할 놈은 없었다.

용찬은 멍하니 서 있던 나머지 병사를 보며 손짓했다.

"너희들은 전부 따라와라. 우린 일단 바쿤 앞에 위치한 점령지를 보호한다."

용찬은 전략, 전술 면에 크게 재능은 없다. 하나 점령전에서 바쿤이 무엇을 해야 할지는 누구보다 잘 알고 있었다.

[A점령지에 도착했습니다.]

[A점령지를 확보합니다.]

어떤 방해도 없이 첫 번째 점령지를 확보했다. 이곳이 바쿤의 최종 방어선이다.

[루시엔이 B점령지를 확보합니다.]
[루시엔이 C점령지를 확보합니다.]
[루시엔이 D점령지를 확보합니다.]

마침 루시엔이 세 개의 점령지를 확보하는 데 성공했다.

용찬은 적립된 400점령 포인트를 확인 후 쿨단과 스켈레톤 병사들을 쳐다봤다.

"이제부터 너희들이 가장 중요한 역할을 맡게 될 거다. A점령지의 입구는 언덕과 언덕 사이에 있는 좁은 샛길. 언덕 위는 나와 나머지 병사들이 지킨다. 너희들은 오직 샛길만을 맡아라."

달그락. 달그락!

"너희들이 뚫리는 즉시 서열전은 패배한다. 내 말이 무슨 뜻인지 알겠나?"

스켈레톤들의 안광이 붉게 번쩍인다. 그들도 자신들이 어떤 임무를 맡게 되는지 알고 있었다.

단 한 번이라도 뚫리게 되면 바쿤은 그 즉시 패배. 짊어진 임무의 무게로 인한 압박감은 매우 심했지만 병사들은 전혀 주눅이 들지 않았다. 오히려 중심에 서 있던 쿨단이 방패를 치

커들며 의지를 드러냈다.

딱딱딱딱!

드디어 노력의 결실을 보여줄 차례가 왔다. 그들은 투쟁심을 불태우며 자신들을 무시한 베텔을 떠올렸다. 그리고 일렬 횡대로 배치를 갖추며 준비를 마쳤다.

용찬은 마침 돌아오는 루시엔을 확인하며 선언했다.

"변화를 보여줄 시간이다. 모두 목숨을 버릴 기세로 달려들어라. 승리는 우리의 것이다."

[B점령지에 도착했습니다.]

[B점령지 확보를 시작합니다.]

붉게 물들었던 땅의 색깔이 점점 옅어진다. 바쿤의 점령 색깔은 붉은색, 베텔의 점령 색깔은 푸른색.

이것으로 바쿤의 점령지 세 곳도 모두 빼앗았다.

"멍청한 놈들. 어차피 빼앗길 점령지를 미리 확보해놓다니. 우습기 그지없군."

"그 망나니 놈 입장에선 포인트를 얼마라도 모아서 버텨보려는 심산이겠죠. 속셈이 뻔히 보이네요. 마지막 점령지를 지키면서 역전을 노리려는 것 같아요. 나 참, 정말 어이가 없어서."

"쓰레기 같은 놈들이 뭉쳐 발버둥 쳐봤자 거기서 거기지. 단숨에 쓸어버린다."

A점령지 같은 경우 지형상으로 방어에 유리하다. 하나 그것도 동등한 수준에서 승부할 때의 얘기다. 헨드릭이 얼마나 달라졌는지는 가늠이 불가능했지만 어차피 최하급 마족일 뿐이다. 몽블랑과 함께 있던 병사들은 베텔의 일부에 지나지 않았다.

"내가 직접 나설 필요도 없겠군. 비참하게 바닥을 기는 놈들을 느긋이 구경해야겠어."

진영 포인트 또한 쓸 필요 없는 상대다.

픽스는 정면으로 보이는 약자들을 확인하며 조소했다.

'슬슬 오는군.'

서열전의 기간은 한 달이다.

시간적으로 여유는 많지만 바쿤을 얕잡아 보고 있는 베텔은 단숨에 수정구를 부수려들 것이 뻔했다.

제일 중요한 것은 첫 번째 공격을 성공적으로 막아내는 것. 적의 방심을 유도해 어떻게든 포인트를 모아야 했다.

'최하위 단계의 페널티와 특전이지만 이것을 잘만 활용하면

승리를 가져갈 수 있다.'

먼발치에서부터 베텔의 병사들이 보인다. 놀, 코볼트, 임프, 고블린 등 모두 E급 병사로 구성된 총전력이다.

이미 루시엔이 확보한 점령지를 모두 빼앗은 그들에게 있어 A점령지는 반드시 지나쳐 가야 할 경로였다.

"적들이 온다. 모두 방패를 들어라."

철컥.

던전을 돌며 얻은 방패들이 보인다. 스켈레톤 병사들은 살짝 긴장한 것인지 몸을 떨었다.

용찬은 즉시 카리스마를 통해 사기를 상승시켰다.

"긴장하지 마라. 너희를 약자로 취급하는 놈들에게 본 때를 보여줘라."

가장 먼저 놀 전사들이 돌진했다. 따로 방패병은 없는 것인지 뒤따라 근접 병사들만 가득한 모습이다.

미리 언덕 위를 사수한 용찬은 맞은편의 루시엔에게 지시를 내려놓고 뇌격을 발동했다.

"쿠에에에엑!"

"가까워진다. 준비해라."

스켈레톤 병사들이 한쪽 무릎을 꿇는다. 놀들은 겁쟁이처럼 주저앉은 병사들의 모습에 코웃음만 치며 달려들었다.

그리고 들고 있던 모닝스타로 방패를 가격했다.

까아아앙!

신형이 뒤로 밀린다. 선두에 있던 쿨단을 제외하곤 모두 버거워했다. 놀들은 반격이 없자 신나게 방패를 두들겼다.

[화염구가 발동됩니다.]
[냉기 결정이 발동됩니다.]

후방에 있던 임프들이 마법까지 시전했다.

한참 놀들을 막고 있던 스켈레톤 병사들은 더욱 힘들어하며 방패를 놓치려 했다.

그 순간, 용찬의 일갈이 터졌다.

"모두 일어나라!"

"쿠, 쿠에엑?"

방패를 후려치던 놀들이 뒷발걸음 친다. 갑자기 방패를 들어 올리자 균형을 잃은 모양이다.

하나, 간신히 뒷발걸음 치며 재차 자세를 잡으려 했다.

"방패로 적들을 밀어내라!"

마침내 반격이 시작됐다.

스켈레톤 병사들은 잽싸게 방패로 적들을 밀어냈다. 자세를 잡으려던 놀들은 그대로 바닥으로 자빠졌다.

"지금이다. 잽싸게 튀어나가라."

대기하고 있던 근접 병사들이 놀들 사이를 헤집는다.

[집단 구타가 발동됩니다.]

쓰러진 놀들을 두들겨 패는 코볼트들. 곁에 있던 고블린들
은 켄과 칸을 중심으로 후속 병사들을 상대하기 시작했다.

그리고 후방의 헥토르가 화살을 날리며 본격적인 전투가 벌
어졌다.

"젠장. 뭣들 하는 것이냐. 길을 가로막고 있으면 비탈길을 통
해 언덕으로 올라가란 말이다!"

"케, 케에엑!"

"한심한 놈들. 코쟈스, 너도 가라!"

예상과 달리 정면이 뚫리지 않자 일부 병사가 언덕을 노렸
다. 그 숫자만 무려 30여 마리. 픽스의 지시를 받고 뒤따라 나
선 오크 용병까지 포함한다면 상당히 위험했다.

용찬은 우선 획득한 점령 포인트로 버프부터 구매했다.

[내구력 버프가 적용됩니다.]
[일정 시간 동안 바쿤 병사들의 내구력이 상승합니다.]
[체력 버프가 적용됩니다.]
[일정 시간 동안 바쿤 병사들의 체력이 상승합니다.]

포인트 상점에 있는 버프는 총 다섯 가지. 그중 내구력과 체력 버프는 방어할 시 매우 유용했다.

"루시엔, 갔다 와라."

"정말 괜찮은……."

"얼른 가라."

"칫. 알겠다구요!"

가볍게 손짓하자 루시엔이 뛰쳐나간다.

베텔의 병사들은 즉시 쫓으려 했지만 신속화를 쓴 그녀의 속도는 결코 따라잡을 수 없었다.

그리고 용찬은 근접 병사들을 언덕으로 부르고, 쿨단에게 따로 신호를 보냈다.

[철갑화가 발동됩니다.]

[방패술이 발동됩니다.]

병사 중심에 우뚝 선 스켈레톤 병사들의 우두머리. 내구력과 체력 버프까지 받은 현재 쿨단은 철벽이나 다름없었다.

"헥토르, 스켈레톤 병사들을 도와라."

"넷. 알겠습니다!"

좁은 샛길은 다시 방패병들로 가로막혔다.

근접 병사들과 합류한 용찬은 헥토르에게 지원을 맡겨두고 언덕에 집중했다.

"춰이이익!"

"저 오크 용병은 내가 맡는다. 나머지는 버티는 데만 집중해라."

"키에에엑. 키엑!"

칸과 켄이 병사들에게 손짓한다. 이젠 거의 근접 병사들 사이에서 대장으로 통하는 그들이다.

'대검을 다루는 건가. 근력에 치중한 오크 전사로군.'

자신의 덩치만 한 크기의 대검이다.

오크 용병은 비쩍 마른 마족이 자신을 가로막자 가소롭다는 표정을 지었다. 누가 봐도 체격부터 차이가 심한 두 명. 하나, 용찬은 여유롭게 손마디를 풀며 앞으로 발걸음을 내디뎠다.

파지지직.

뇌격이 팔을 휘감는다. 언덕 위로 불어오는 바람과 함께 망토가 펄럭였다.

"지금 실컷 비웃어둬라. 나중엔 입도 뻥긋 못 할 테니."

[B점령지에 도착했습니다.]

[B점령지 확보를 시작합니다.]

푸른 땅이 붉게 물들어간다. 본래 베텔이 재차 확보했던 점령지다. 따로 지시를 받은 루시엔으로 인해 다시 바쿤의 점령지로 돌아왔다.

"신속화 때문에 추적당할 일은 없지만, 정말 괜찮은 거냐고. 그 자식이 강해진 것은 알고 있지만 A점령지가 뚫리면 서열전은 그대로 패배잖아. 이렇게 포인트에 집착할 이유가 있긴 한 거야?"

점점 불안해진다. 몇 주간 훈련을 거치며 나름 성장한 병사들이지만 숫자부터 차이가 났다. 게다가 베텔도 용병을 소유하고 있는 상태다. 장비, 스킬, 특성, 재능 등 갖가지 분야에서 차이가 나는 가운데 아무리 용찬이라도 적 모두를 감당하긴 힘들었다.

루시엔은 조급함을 감추지 못한 채 나머지 점령지를 모두 확보했다. 그리고 재빨리 A점령지로 돌아가기 시작했다.

"설마 벌써 뚫린 건 아니겠……. 아!"

먼발치에서부터 베텔 병사들이 보인다.

몸 한 군데 성한 곳이 없는 오크 용병, 기진맥진한 상태로 숨을 헐떡이는 병사들. 그리고 버럭 소리를 치며 몹시 분개하는 픽스 파이멀린까지.

누가 봐도 후퇴하는 부대로밖에 보이지 않았다.

나무 뒤에 숨어 있던 루시엔은 두 눈이 휘둥그레진 채로 당황스러워했다.

'뭐, 뭐야. 도대체 어떻게 된 거야?'

루시엔이 떠난 직후 픽스는 한 마리의 괴물을 보게 됐다.

콰앙! 귀가 쩌렁쩌렁 울린다.

콰앙! 콰앙! 마른하늘의 날벼락처럼 뇌격이 몰아친다. 모두의 시선이 집중되는 순간이다.

털썩!

끝내 오크 검사가 쓰러졌다. 베텔에서 뛰어난 근력을 자랑하던 용병이다. 한데 수십 번의 뇌격을 받으며 처참히 쓰러지고 말았다.

그야말로 농락.

감전된 코쟈스를 흠씬 두들겨 패며 병사들의 사기를 단숨에 이끌어냈다.

'지, 지금 내가 무엇을 보고 있는 거지? 저게 유흥에 찌들었던 그 망나니 놈이라고?'

서열 74위 최하급 마족이다. 가문에게 버림받고 술만 찾던, 권능도 발현 못 한 그런 놈이었다.

그렇지만 지금은 아니었다. 마치 사람이 달라진 것처럼 용병을 홀로 제압해 버렸다.

'이, 이대론 안 돼. 여기서 코쟈스를 잃었다간 전력에 큰 피해가 되고 말 거야!'

샛길은 스켈레톤 병사들로 인해 돌파가 불가능했고, 언덕은 코쟈스가 쓰러지면서 사기가 크게 줄어들었다. 게다가 헨드릭뿐만 아니라 견갑골이 변형된 스켈레톤 병사와 방망이로 병사들을 기절시키는 고블린도 문제였다.

'크으읍. 후, 후퇴다. 모두 물러나라!'

결국 택한 것은 후퇴.

한참 헨드릭에게 시달리던 병사들은 급히 코쟈스를 챙겨 달아났다. 그리고 회복을 위해 B점령지로 돌아가게 됐다.

[B점령지에 도착했습니다.]
[B점령지 확보를 시작합니다.]

붉은 땅이 다시 푸른색으로 번져간다. A점령지로 쳐들어간 사이 B점령지를 빼앗겼던 모양이다.

하나 지금은 그게 중요한 것이 아니었다.

"도대체 어떻게 된 거야? 전해 들었던 사실과 다르지 않나!

망나니 마족 놈이 저리 달라지다니. 그동안 네놈들은 이런 사실도 모르고 무엇을 한 거야!"

"지, 진정하세요, 픽스 님. 갑자기 저런 무력을 가지게 된 것은 저희도 모르던 사실이에요. 우선 병사들부터 회복시킨 후 다음 기회를 노리도록 해요. 헨드릭 프로이스의 변화는 저도 무척 당황스럽지만 전투는 혼자 하는 게 아니잖아요?"

"크으읍! 그동안 연기라도 했단 거냐? 아니면 이제 와서 권능을 발현했다고? 도대체 무슨 마법을 부린 거지, 헨드릭 프로이스?"

숫자, 스킬, 특성, 재능 등 갖가지 방면으로 우월하던 베텔 병사들이다. 한데, 단 한 명으로 인해 그 차이가 메꿔졌다. 게다가 점령 포인트로 구매한 버프들도 문제였다.

픽스는 이를 갈며 포인트 상점을 확인했다.

[버프 아이템]
[회복 아이템]
[수리 아이템]
[점령 포인트:250]

세 가지 종류로 나누어지는 점령전 아이템이다. 하나당 200포인트가 소모되는 아이템은 각각 효과가 달랐다.

바쿤이 전투 당시 사용했던 버프는 두 개. 현재 베텔이 보유하고 있는 것의 거의 두 배 되는 포인트가 소모됐다.

픽스는 그제야 페널티와 특전을 떠올리고 인상을 구겼다.

"젠장. 뭣들 하는 것이냐. 어서 다른 점령지를 확보하고 하지 않고!"

"병사들이 상당히 지쳐 있어요. 우선 회……"

"나도 알고 있다!"

수중에 있던 200포인트가 소모된다.

기진맥진하던 병사들은 환한 빛과 함께 체력 및 생명력이 회복됐다. 그리고 지시를 받은 고블린들이 각 점령지를 확보하며 포인트가 수급됐다.

하나, 페널티로 인해 다시 모인 포인트는 고작 200점.

'칫! 포인트 따위, 어차피 A점령지만 돌파하면 아무런 의미도 없지. 고작 이런 특전으로 역전은 불가능해!'

그날 식량 보급을 위해 마왕성으로 돌아간 베텔은 재차 점령지를 빼앗기며 또다시 포인트 격차가 벌어지게 됐다.

'겐트 놈은 그나마 쓸모없어 보이는 페널티 및 특전으로 포인트를 선택했겠지만 그것은 오히려 독이 됐다.'

바쿤이 점령지를 확보할 시 100포인트가 들어온다. 반면 베텔이 점령지를 확보할 시 50포인트를 획득한다.

모든 점령 아이템의 가격은 200포인트.

용찬은 이 점을 이용해 차차 포인트 격차를 벌렸다.

"적들이 왔다. 출동해라."

"또?"

A점령지로 베텔이 쳐들어올 때도.

"B점령지는?"

"없어요. 모두 식량을 보급하러 간 것 같아…… 요."

"우리도 식량을 보급하러 간다. 루시엔, 넌 점령지를 모두 확보하고 돌아와라."

"에엑! 또 가라고?"

식량을 보급하러 갈 때도.

"이번에는 모두 흩어져서 점령지를 지키는 것 같습니다, 마왕님!"

"너희들은 모두 남아 있어라. 나와 루시엔이 갔다 온다."

"또 나야?"

심지어 점령지를 지킬 때마저 게릴라전을 펼치며 포인트를 확보했다. 그리고 점차 벌어져 가는 포인트 속에서 베텔은 근근이 회복 아이템 하나만을 사며 다른 아이템은 손도 대지 못했다.

"젠장! 놈은 포인트를 두 배씩 벌어들이면서 차근차근 모아가고 있는데 우리는 회복 아이템도 간신히 구매하는 이 상황이 말이 된다고 생각하는 것이냐? 아무리 점령지가 많아도 소용이 없어. 이대로 가다간 놈이 포인트를 더욱 끌어모아 언제고 병사가 줄어든 우리를 치려들 거다!"

결국 픽스는 병사들을 다시 총집결시키며 마지막 전투를 준비했다.

"어떻게든 A점령지를 뚫어 이번 서열전을 끝내주마. 헨드릭 프로이스!"

점령전 7일 차. 점점 심해지는 포인트 격차와 전혀 진전이 없는 상황이 조급함을 불러왔다. 베텔은 아예 모든 점령지를 버린 채 재차 총공격을 준비했다.

줄곧 후방에서 지원만 하던 픽스가 직접 선두로 나서며 최후의 전투를 알렸다.

'멍청한 놈. 이제 와서 선두로 나선다고 해서 무언가 달라질 줄 아나 보군.'

샛길은 이미 냉기 저항력 장비를 장착한 쿨단이 대기 중이다. 몇 차례 전투를 통해 마법 저항력을 확인한 픽스로선 오히려 언덕을 노릴 가능성이 컸다.

용찬은 그와 함께 서 있는 코쟈스를 확인하고 판단을 내렸다.

"루시엔, 갔다 와라."

"뭐야. 난 끝까지 전투에 참여하지 말란 거야? 그동안 수련한 것은 무엇 때문인데!"

"존대. 그리고 걱정 마라. 돌아오면 합류시켜 줄 테니."

"칫. 그 말 꼭 지키라구요!"

신속화를 발동시킨 다크 엘프가 뛰쳐나간다. 점령지 확보도 익숙해진 것인지 최단 거리 루트로 이동하는 모습이다.

[점령 포인트:900]

차곡차곡 모아둔 포인트가 보인다. 버프 아이템을 구매하면서도 최대한 아껴둔 결실이다.

이제 남아 있는 베텔의 병사는 40. 그동안 A점령지를 지키며 거의 절반으로 줄여놓은 병력이었다.

물론 바쿤의 병사들 또한 일부 목숨을 잃긴 했지만 그래 봐야 세 마리 정도였다.

[루시엔이 B점령지를 확보합니다.]

[루시엔이 C점령지를 확보합니다.]

[루시엔이 D점령지를 확보합니다.]

300포인트가 추가적으로 지급됐다. 모든 준비를 마친 용찬은 병사들과 함께 언덕을 사수하며 픽스를 내려다봤다.

"겁쟁이처럼 후방에서 마법만 날리던 놈이 드디어 앞으로 튀어나왔군."

"으드득! 빌어먹을 망나니 놈이 힘을 좀 얻었다고 아주 기고만장해졌구나."

"네놈은 항상 입으로 싸우는 거냐? 주둥아리로 전투력을 매긴다면 아주 서열 1위 마왕이겠군."

"개자식. 기어오르지 말란 말이다!"

서리 어린 마력이 주위로 모여든다. 냉기 속성 권능을 발현한 베텔의 마왕이다. 회귀 이전 당시 직접 픽스의 기술들을 경험했던 용찬으로선 어떤 마법이 발현될지 뻔히 보였다.

촤촤촤촥!

바닥에서부터 솟구치는 서리 결정. 지정한 표적에게로 쭉 이어지는 지금 이 스킬은 그의 주특기였다.

파지지직.

뇌격이 피어오른다. 용찬은 가까워진 결정을 향해 주먹을 내질렀다.

차아앙!

단숨에 박살 나는 서리 결정. 그리고 흩날리는 결정 조각들 사이로 용찬의 싸늘한 시선이 픽스를 향했다.

"아직도 내가, 아니, 바쿤이 한심해 보이나. 그렇다면 이번 기회에 아예 철저히 교육시켜 주지."

첫 대면 당시 들었던 대사가 역으로 전해졌다. 바쿤의 병사들은 즉시 배치를 갖추며 자신들을 무시했던 베텔 병사들을 노려봤다.

"오늘부로 베텔은 74위 서열 확정이다."

마침내 바쿤의 마왕이 사형 선고를 내렸다.

투두두둑.

결정 조각들이 떨어진다. 속성부터 극과 극인 상성이다.

낙뢰 자체의 위력은 크지 않았지만 속성력이 부여된 이상 냉기 마법은 쉽사리 격파가 가능했다.

픽스는 깊은 치욕감에 얼굴을 붉히며 코쟈스를 선두로 보냈다.

'오크 용병을 지원하면서 날 쓰러트릴 속셈이군.'

용찬은 바쿤의 병사들을 여기까지 끌어올린 장본인이다.

강한 무력으로 적을 제압하던 주인이 쓰러진다면 사기는 단숨에 떨어질 터다. 그러나 용찬은 크게 걱정하지 않았다. 오히려 픽스를 비웃으며 여유롭게 어깨를 풀 뿐이었다.

"뭐 하는 거지. 안 덤비는 거냐."

"크으윽. 다들 무엇들 하는 것이냐. 어서 저놈을 공격하지 않고!"

"그래, 겁쟁이 놈은 항상 뒤에서 지휘만 할 뿐이지."

"개자식, 죽여 버리겠어!"

드디어 전투가 시작됐다.

베텔 병사들은 즉시 비탈길을 올라오며 돌진해 왔다. 용찬은 일부 병사만 샛길에 남겨둔 채 전부 언덕 위에 자리를 잡게 했다. 그리고 직접 선봉에 서서 코쟈스와 대치했다.

"한동안 편하게 지냈나?"

"취, 취이이익!"

"다시 지옥을 보여주마."

"취에에엑!"

공포를 이겨내기 위한 의지가 표출된다. 첫 전투 당시 무력하게 당했던 놈이다. 상대를 극복하기 위해 함성까지 내질렀지만 발버둥으로밖에 보이지 않았다.

서서히 주위로 모여드는 차가운 마력. 앞을 막아선 병사들 뒤에서 재차 마법을 준비 중인 픽스였다.

'다른 병사들이 피해를 입을 수도 있으니 최대한 빠르게 끝내야겠군.'

더 이상의 병력 피해는 큰 손해였다.

용찬은 좌측으로 파고드는 놀을 때려눕히며 눈을 빛냈다.

그리고 대쉬를 통해 빠르게 코쟈스와 거리를 좁혔다.

[전투 돌입(무투가 전용)이 발동됩니다.]
[근력 증가(검사 전용)이 발동됩니다.]

비틀대는 신형. 순간적으로 반응하지 못한 놈의 옆구리로 붕권이 작렬했다.

하나, 낙뢰는 발동하지 않은 것인지 코쟈스의 신형만 뒤로 밀려났다.

"춰, 춰이익!"

"역시 내구도가 상당히 높군. 자, 얼른 와라."

"춰에에엑!"

거친 기세로 대검이 쇄도한다. 강한 위력이 실려 있지만 무척 단조로운 공격이다.

용찬은 망토의 효과를 통해 이리저리 대검을 피해냈다.

그리고 반격의 틈을 노리며 천천히 공방을 주고받았다.

하나, 첫 전투에서 반격으로 호되게 당한 것 때문인지 무리한 시도는 하지 않았다.

'나름 신중히 공격한다 이건가. 오크 주제에 머리를 제법 굴리는군. 그렇다면 무리한 공격을 하게끔 만들어주지.'

신형이 순간적으로 가속된다. 용찬은 대쉬를 통해 후방으로 잽싸게 파고들었다.

그 순간, 냉기 서린 창이 날아왔다.

차앙!

면전에서 박살 나는 얼음 창. 결정 조각이 비산하며 뺨에 상처가 벌어졌지만 다행히 큰 피해는 입지 않았다.

"좋아. 계속 그렇게 놈을 붙잡고 있어라, 코쟈스!"

"쥐에에엑!"

"……귀찮게 하는군."

제압하려는 순간 방해가 들어왔다. 이런 패턴이라면 코쟈스를 쓰러트리는 데 상당히 시간이 걸릴 터다. 용찬은 옆으로 달려드는 코볼트의 창을 피해내며 달려들기 시작했다.

[내구력 버프가 적용됩니다.]

[체력 버프가 적용됩니다.]

[민첩 버프가 적용됩니다.]

[힘 버프가 적용됩니다.]

[마력 버프가 적용됩니다.]

다섯 가지 버프가 능력치를 끌어 올린다. 최후의 전투를 위한 마지막 준비다.

바쿤 병사들을 위한 주인의 은혜, 용병과 마왕을 상대로 홀로 버티고 있는 용찬을 위해서 어떻게든 버텨내야 했다.

달그락. 달그락!

견갑골이 변형된다. 쿨단은 집념 어린 눈빛으로 적들을 맞이했다.

[연속 찌르기가 발동됩니다.]

[화염구가 발동됩니다.]

[격파(전사 전용)가 발동됩니다.]

무수히 많은 스킬과 특성들이다. 더불어 재능까지 가진 놈들은 우월한 능력치를 통해 길을 뚫으려 했다.

하나, 스켈레톤 병사들은 물러서지 않았다. 열 대를 맞으면서도 오히려 불굴의 의지로 버텨내기 시작했다.

"케에, 케에엑!"

몰려든 병사들 사이로 코볼트가 크게 도약한다.

항상 대기하고 있던 근접 병사들이 없는 것을 노리고 반대편으로 넘어갔다.

스켈레톤 병사들은 재빨리 뒤따라가려 했지만 자리를 벗어날 순 없었다.

"뭐, 뭐야. 이놈은 언제 넘어온 거야?"

"케에엑!"

"으윽. 화살도 제대로 못 맞추고 있는데!"

과감히 궁수에게로 접근하는 코볼트. 손에 쥐고 있던 삼지창이 그대로 복부를 노렸다. 그 순간, 화살을 쥐고 있던 헥토르가 짜증을 내며 활을 휘둘렀다.

퍼억!

경쾌한 타격음이 들려온다. 바닥을 나뒹굴던 코볼트는 놀란 표정으로 두 눈만 깜빡거렸다. 하나, 헥토르는 순간 손에 전해진 짜릿한 느낌에 실실 웃기만 했다.

"헤헤. 역시 이 맛이라니까. 마왕님도 안 보고 계시니 마음껏 후려 패도 되겠지?"

쥐고 있던 화살이 화살통으로 들어간다. 줄곧 후방 지원을 맡고 있던 궁수는 기쁜 표정으로 적을 노려봤다.

"케, 케에에!"

활대를 쥔 채 유유히 다가오는 뱀파이어.

코볼트는 불안한 기색으로 온몸을 덜덜 떨었다.

푹!

어깨로 칼날이 파고든다. 생전 느껴보지 못한 고통이다.

하나, 물러서지 못했다. 아니, 물러설 수 없었다.

'칸, 켄, 헥토르. 그리고 나머지 네놈들은 억울하지도 않은 거냐. 이대로 평생 최하급 마물로 살겠다고?'

상단에게 버림받았다. 이후 바쿤의 병사가 됐지만 적들에게 무시만 받았다.

줄곧 약자 취급받던 최하급 마물, 어느샌가 그런 자신을 포기하고 있었지만 누군가 길을 열어줬다.

"키, 키에에엑!"

"크르르르!"

손에 쥔 방망이가 적의 머리에 적중한다. 순간적으로 기절한 놈은 머리를 부여잡고 고통스러워했다. 처음부터 바쿤의 병사들을 무시하던 놈이다.

켄은 고통을 참아내며 끊임없이 방망이를 휘둘렀다.

그리고 사방으로 파고드는 스킬과 특성을 버텨내며 끝까지 물고 늘어졌다.

'너희들의 손으로 직접 증명해라.'

가장 먼저 최하위 마족으로 반전을 일으킨 주인이다. 그의 말대로 무력한 자신을 바꾸기 위해선 본인 스스로 극복해야 했다.

[바람 가르기가 발동됩니다.]

또다시 검날이 쇄도한다. 체력에 한계가 온 것인지 피할 틈이 없었다.

그 순간, 다크 엘프가 땅을 박차고 뛰어올랐다.

[차지 어택이 발동됩니다.]

단숨에 쪼개지는 놀 전사의 머리통. 간신히 목숨을 건진 켄은 숨을 헐떡이며 루시엔을 올려다봤다.

"뭐 하고 있어. 베텔 놈들에게 복수를 해줘야 할 것 아니야. 얼른 일어나!"

"키…… 키에에에!"

"키엑, 케에엑!"

지쳐 있던 병사들이 울부짖는다. 모두 힘든 훈련까지 거치면서 여기까지 왔다.

여태껏 바쿤을 무시했던 베텔의 병사들. 더 이상 약자가 아니라는 것을 증명하기 위해선 아직 쓰러져선 안 됐다.

콰앙!

마침내 낙뢰가 작렬했다.

근근이 버티고 있던 오크는 감전 상태에 걸린 채 정신을 못 차렸다.

대치하고 있던 마왕은 그 틈을 놓치지 않고 연타를 시도했다. 그리고 단숨에 코쟈스를 녹다운시키며 모두의 시선을 집중시켰다.

"지금부터."

싸늘한 시선이 픽스에게로 꽂힌다.

[회복 아이템이 적용됩니다.]

용찬은 바쿤의 병사들을 향해 마지막 지시를 내렸다.

"마무리에 들어간다."

"키에에에엑!"

"케에, 케에에!"

순식간에 전세가 뒤집힌다.

붉게 물든 A점령지는 바쿤이 확보한 땅. 남의 땅에 침입해 있는 베텔은 회복 아이템을 구매할 수 없었다.

"후, 후퇴해라. 이대로 마왕성까지 후퇴해라!"

마왕의 지시가 떨어진다. 베텔의 병사들은 등을 보인 채 다급히 도망치기 시작했다.

어느새 뒤바뀐 입장. 꽁무니를 빼고 달아나는 놈들을 가만히 놔둘 용찬이 아니었다.

"쳐라."

추격이 시작된다.

"놈들을 짓밟아라."

바쿤을 무시했던 놈들이다.

"자비를 베풀지 마라. 너희들의 손으로 직접 증명해라!"

이젠 누가 약자인지 알려줄 시간이었다.

바쿤의 병사들은 즉시 추격에 나서며 그들을 처치하기 시작했다. 그리고 여태껏 당한 설욕을 풀며 함성을 내질렀다.

용찬은 죽어 나가는 베텔의 병사들을 보며 선언했다.

"더 이상 바쿤은 약자가 아니다. 이대로 마왕성까지 진군한다."

"하아, 하아. 말도 안 돼. 이건 말도 안 된다고. 내가 그놈에게 진다니. 있을 수 없는 일이야!"

홀로 달아났던 픽스는 현 상황이 믿기지 않았다.

이제 남은 병사는 고작 다섯 마리. 아직까지 헤르덴 상단이 있긴 했지만 전투에는 도움이 되지 않았다.

"젠장. 무슨 방법이 있을 거야. 내가 바쿤에게 진다니. 말이 안 되잖아. 그래 맞아. 절대 질 리 없다고!"

일부러 점령전을 선택했다. 겐트의 도움까지 받으며 페널티와 특전까지 최하위 단계로 설정했는데 지는 것은 말이 되지 않았다.

[바쿤이 E점령지를 확보합니다.]

베텔의 유일한 최종 방어선까지 뚫렸다. 픽스는 다급히 마왕성 최상층으로 이동했다.

"어, 어떻게 되신 거예요. 병사들은요?"

"크으으. 빌어먹을, 이 모든 게 네놈들 때문이다. 네놈들이 일찍이 헨드릭에 대한 정보를 제대로 갖다 주기만 했어도 이런……."

"이런 일은 안 생겼겠지."

정문으로 망나니 마왕이 모습을 드러낸다. 누구도 예상치 못한 반전을 일으키며 전투를 승리로 이끈 자다. 다른 병사들보다 먼저 마왕성으로 진입한 것인지 다른 놈들은 보이지 않았다.

"웃기지 마. 웃기지 마. 웃기지 마아아아아!"

"최후의 발악인가?"

"최하위 서열, 그것도 가장 쓰레기라고 평가받던 바쿤이라고. 이건 불가능해!"

"아직도 바쿤을 그렇게 평가하고 있군. 이젠 현실까지 부정하는 거냐. 참으로 한심스럽군."

서열 74위 마왕이 걸어온다.

천천히, 아주 천천히 뇌격을 일으키며 걸어오고 있었다.

"오, 오지 마!"

"……."

"오지 말란 말이다!"

얼음 결정들이 비산한다. 다급히 발동시킨 최하위 냉기 마법이다.

하나, 헨드릭은 가볍게 손을 내치며 결정들을 깨부쉈다.

그리고 두려움에 몸을 벌벌 떨고 있는 메르비를 쳐다보며 입을 열었다.

"넌 나중에 다크 엘프가 따로 손봐줄 거다. 그러니 얌전히 구경이나 하고 있어라."

"……아아아아."

헤르덴 상단주가 바닥에 주저앉았다.

홀로 용병까지 제압했던 바쿤의 마왕, 그런 자를 막아선다는 것은 결코 불가능했다.

"죽어, 죽어, 죽으란 말이다!"

"그리고 보니 서열전 규칙상 마왕을 죽이는 것은 불가능하다고 했었지."

"저리 꺼져. 저리 꺼지라고오오오오!"

뒤로 도망치던 발걸음이 멈춘다. 등가로 수정구의 마력이 느껴졌다. 픽스는 더 이상 도망칠 곳이 없단 것을 느끼고 절망했다.

그 순간, 가까워졌던 헨드릭이 주저앉은 그를 내려다봤다.

"그렇다면 죽기 직전까지만 패면 되겠군."

그야말로 악귀, 뇌격을 품은 헨드릭은 공포 그 자체였다.

"어디까지 버티는지 지켜봐 주마."

"으으……."

"네가 그렇게나 무시하던 마왕의 주먹이다. 잘 견뎌봐라."

"으아아아아아아!"

그날, 픽스는 생과 사를 넘나드는 새로운 경험을 하게 됐다.

[서열전이 종료됐습니다.]

임시 마왕성 내부로 마법진이 발현된다. 무려 7일 만에 끝난 바쿤과 베텔의 승부다.

'멍청한 자식. 고작 바쿤을 상대로 7일씩이나 걸리다니. 역시 74위나 72위나 그게 그거였군.'

픽스에게 프로이스 가문의 땅은 과분했다. 귀찮은 일을 피하려면 서열전이 정리되는 즉시 회수할 필요가 있었다.

'그래도 헨드릭 그 건방진 놈을 짓밟았으니 일단 만족스럽군. 자, 만신창이가 된 망나니 놈을 어디 한번 구경해……'

양쪽 마법진 위로 병사들이 귀환했다.

비열한 웃음을 짓던 겐트는 멀쩡한 헨드릭의 모습에 당황했다.

"무, 무슨!"

시작 전과 별 차이 없는 바쿤의 병력이다. 거의 피해를 입지 않은 것인지 병사들은 오히려 당당하기까지 했다.

반면 베텔의 병력은 엉망진창이었다.

털썩!

만신창이가 된 채로 쓰러지는 픽스. 고작 다섯 마리밖에 남지 않은 베텔의 병사들까지.

전혀 예상치 못한 상황에 위원들은 경악을 금치 못했다.

겐트는 황당한 광경에 얼굴이 붉으락푸르락해서 소리쳤다.

"이익! 이, 이 승부는 무효야. 이런 결과는 있을 수 없어!"

누가 봐도 뻔한 결과였을 터였다. 두 눈으로 확인하고도 믿기지 않는 것은 당연했다.

헨드릭은 피식 웃으며 못을 박았다.

"두 눈으로 본 결과를 의심하는 겁니까? 참 쓸모없는 눈이군요. 두 위원님 생각도 같습니까?"

"으음, 확실히 승부는 정해진 것 같군."

"믿기진 않지만 이 정도라면 인정할 수밖에 없지. 이제 그만두게, 겐트. 이번 서열전은……."

[서열 74위 바쿤의 승리.]

[헨드릭 프로이스의 서열이 72위로 변경됩니다.]
[픽스 파이멀린의 서열이 74위로 변경됩니다.]

"바쿤의 승리일세."

공식적으로 결과가 발표된다. 마계 위원회가 진행을 맡은 이상 마계 전체로 바쿤의 승리가 알려질 것이다.

겐트는 서로 다른 세력의 위원들은 보며 이를 갈았다.

그리고 가볍게 손을 휘저어 포탈을 만들어냈다.

"오늘 일은 절대 잊지 않겠다. 헨드릭 프로이스, 내가 항상 지켜보고 있음을 잊지 마라!"

"크나큰 영광입니다."

"이이이익!"

분노하던 총책임자가 먼저 자리를 떠났다. 골렌 위원은 사라진 포탈을 보다 이내 픽스를 치료하기 시작했다.

"……내 예상이 틀렸었군. 이런 결과를 만들어내다니, 도대체 무슨 마법을 부린 건가. 헨드릭 프로이스."

"당연한 결과였을 뿐입니다."

"자신감이 대단하군. 처음엔 그저 정신 차린 망나니 정도로 보일 뿐이었는데 전혀 아니었어. 어쩌면 이번 서열전을 통해 서열 70대 마왕들이 자네를 주시할 수도 있겠군."

통쾌한 반전을 보여준 바쿤이다. 전혀 관심도 주지 않던 마왕들은 물론 마계 일부 시선이 몰릴 가능성이 컸다. 특히 헨드릭을 거의 가문에서 내쫓다시피 한 펠드릭 프로이스. 어쩌면 그의 생각도 살짝 기울어질지 몰랐다.

하나, 헨드릭은 무관심한 눈으로 서서히 깨어나는 픽스만 내려다봤다.

"그것보단 특정 보상은 언제 요구할 수 있는 겁니까?"

"성급하긴. 걱정 말게. 픽스 파이멀린이 깨어나는 즉시 마지막 절차가 이어질 걸세."

"알겠습니다."

마계 위원회 소속들은 대부분 특정 계열에 도가 튼 마족들이다. 마법 방면으로 능통한 골렌의 치유 마법이면 픽스의 회복도 순식간에 해결이 가능했다.

헨드릭은 등을 돌려 바쿤 병사들을 바라봤다.

"오늘을 잊지 마라. 너희들은 승리했고 너희들의 손으로 직접 증명해 냈다. 기억해라. 이제 바쿤은……."

"……."

"최하위 서열이 아니다."

마왕이 선언했고, 마왕이 이루어냈다. 이제 그는 더 이상 망나니 따위가 아니었다.

[바쿤 병사들의 존경심이 2씩 상승합니다.]

병사들은 직접 얻어낸 승리감에 도취해 큰 환호성을 내질렀다.

'이제 겨우 74위에서 72위로 올라간 정도지만 망나니 마왕의 반전은 놀랍기 그지없군. 과연 이놈의 행보가 어디까지일지 궁금해지는군.'

비쩍 마른 헨드릭의 등 뒤로 이전엔 보지 못한 당당한 패기가 느껴졌다. 골렌은 나름의 기대감을 품고 나머지 위원과 함께 마저 상황을 정리했다.

'어디까지 버티는지 지켜봐 주마.'

'으으……'

'네가 그렇게나 무시하던 마왕의 주먹이다. 잘 견뎌봐라.'

'으아아아아아아아!'

악몽 같은 기억에 번쩍 눈이 떠진다. 정신을 차린 픽스는 식은땀을 흘리며 주위를 둘러봤다.

"여, 여긴?"

"마지막 절차인 승자의 방일세. 정신을 차렸으면 얼른 테이블 앞에 앉게. 이제부터 헨드릭이 자네에게 특정 보상을 제안

할 걸세."

승자의 방. 서열전 규칙에 따라 승자가 패자에게 직접적으로 보상을 제안하는 공간이다.

바쿤과 베텔의 승부 같은 경우, 겐트의 방해로 인해 대가가 더욱 강화되어 제안의 폭이 컸다. 픽스는 그제야 패배를 실감했고, 뒤늦게 맞은편의 헨드릭을 확인했다.

"어서 앉아라."

"크으으읍."

"들었다시피 서열전의 대가를 네놈에게 제시할 거다. 대가가 강화됐다는 것은 이미 알고 있을 테지?"

"……말해라."

허망한 표정으로 고개를 뚝 떨구었다. 치욕도 이런 치욕이 없을 것이다.

용찬은 개의치 않고 입을 열었다.

"우선 네놈이 가진 젬은 얼마 정도 있지?"

"1만 젬 정도다."

"첫 번째 요구는 8천 젬이다."

"무, 무슨 말도 안 되는!"

마왕성을 가진 마왕들에게 있어 젬은 골드보다 더 큰 가치를 가지고 있다. 전쟁을 대비하기 위해 대부분의 젬을 사용했지만 1만 젬 정도면 재정비하기에 충분했다.

그렇지만 바쿤이 그중 80%를 가져가게 되면 베텔은 최악의 상황으로 치달을 수밖에 없었다.

"아, 아무리 대가가 강화됐다지만 8천 젬 정도까지는……."

"으음. 상관없군. 계속하게나."

"그렇다는군."

중개하던 골렌이 진행 사인을 보냈다. 픽스는 잔뜩 구겨진 얼굴로 그의 손에 쥐어진 심판의 구슬을 저주했다.

그리고 더욱 불안한 모양새로 몸을 덜덜 떨었다.

'젠장. 겐트 다이러스 개자식. 얼마나 대가를 강화시킨 거냐고. 이렇게 되면 최악의 수만큼은 피해야 해. 그러기 위해선 먼저 선수를 친다.'

이미 최하위 서열로 떨어졌지만 아직 희망은 있었다.

픽스는 몽블랑을 떠올리며 고개를 들었다.

"조, 좋다. 그러면 아예 베텔의 골드까지……."

"바쿤의 감옥에 갇힌 베텔의 병사들. 그놈들의 소속을 바쿤으로 변경해라."

커다란 충격이 온몸으로 퍼진다. 정면으로 마주한 날카로운 눈빛에 전신이 굳어버렸다.

픽스는 몸을 덜덜 떨며 심판자를 올려다봤다.

"……으음."

번쩍거리는 심판의 구슬. 세 명의 시선이 불빛으로 모인 가운데 구슬이 이내 결과를 알렸다.

"푸른빛이군. 이번 제안 또한 수용하겠네. 하나, 대가는 여기까지일세. 이것으로 승자의 방 절차를 마치도록 하겠네."

"……아아!"

푸른빛은 긍정을 뜻하고, 붉은빛은 부정을 의미한다.

마계 위원회가 제작한 심판의 구슬이 결과를 내린 이상 결코 거스르는 것은 불가능했다.

픽스는 처절한 비명을 지르며 테이블로 엎어졌다.

"이것으로 끝이군."

"수고했네. 자네가 한 제안들은 오늘 내로 처리될 걸세. 이만 돌아가 봐도 좋네."

"그러면 먼저 일어나 보도록 하겠습니다."

마지막 절차까지 끝난 이상 더는 용건 따윈 없었다. 용찬은 패배자에게 눈길 한 번 주지 않은 채 그대로 방 안을 떠났다.

"으ㅎㅎㅎ. 이건 꿈이야, 꿈이라고."

"……완전히 망가져 버렸군. 재기는 거의 불가능하다고 봐야겠어."

차라리 가문 영역의 대가를 제시했다면 마왕성 자체에는 영향이 없었을 것이다. 그러나 서열 74위로 하락한 베텔이 이정도까지 타격을 입었다면 가문도 더는 지원할 가치를 느끼지 못할 것이 분명했다.

골렘은 고개를 저으며 미련 없이 방을 떠났다.

"내가 지다니. 말도 안 되는 일이잖아. 그래, 난 진 게 아니라고."

그날, 픽스는 반쯤 미친 상태로 텅 빈 마왕성을 맞이하게 됐다.

[8,000젬이 지급됐습니다.]

[지하 감옥에 갇혀 있던 베텔 병사들의 소속이 바쿤으로 변경됐습니다.]

예정대로 서열전 보상이 주어졌다. 다시 게이트로 돌아온 용찬은 마저 마왕성 정보를 확인하고, 고개를 들었다.

"얼마나 투자해 온 곳인데, 이렇게 단숨에 무너져 내리다니. 베텔이 고작 바쿤에게 질 줄이야. 말도 안 돼."

"아니, 저게 아직까지도 저런 소리야?"

"키에에엑. 키엑!"

복도에서부터 들려오던 목소리.

그 정체는 다름 아닌 헤르덴 상단주 메르비였다.

따로 루시엔에게 호되게 당한 그녀는 퉁퉁 부은 얼굴로 억울함을 토했다.

'그리고 보면 베텔과 함께 바쿤을 차지하려 했던 헤르덴 상단도 단숨에 망한 케이스겠군.'

마왕은 물론 상단 입장에서도 바쿤은 좋은 먹잇감이었을 것이다. 용찬은 재차 달려드는 루시엔을 제지한 후 지시했다.

"우린 이만 돌아간다. 루시엔, 너도 그만해라."

"하, 하지만……."

"더 이상 패배자 따위에게 시선을 줄 필요 없다."

"아!"

승자는 앞으로 나아가고 패자는 남겨지게 마련이다.

그녀는 그제야 납득하고 뒤늦게 고개를 끄덕였다.

그렇게 용찬은 만족스러워하는 병사들을 이끌고 바쿤으로 귀환했다.

"7일 만에 귀환하셨군요. 승리를 축하드립니다. 마왕님."

"벌써 마계 위원회를 통해 소식이 퍼졌나 보군. 아쉽게도 병사 일부가 사망했다."

"대신 감옥에 갇힌 베텔의 병사들을 얻었지요. 게다가 8천 젬까지 얻으셨으니 이제 바쿤도 한층 더 높은 등급을 노릴 수 있을 겁니다."

마왕성의 모든 정보는 서포터와 공유된다.

그레고리는 이번에 얻은 보상들을 매우 만족스러워하며 병사들을 맞이했다.

"자, 여러분은 이쪽으로 오시지요. 미리 식사를 준비해 놨습니다."

"뭐야, 마계 위원회의 소식이 이리도 빠른 거야? 어떻게 다 알고 있고 미리 준비한 거래."

"에헤헤헤. 누님 같이 가요!"

잔뜩 신이 난 병사들이 위층으로 우르르 몰려갔다. 홀로 남겨진 용찬은 방 안으로 돌아가 상황을 정리했다.

[마왕성:바쿤]

[등급:F]

[동맹:무]

[용병:루시엔]

[위치:절망의 대지 최남단]

[재정:3,120골드]

[수입원:지하 젬 광산(1)]

[병력:E]

[방어력:F]

'아직 전체적인 등급은 그대로군. 이젠 병력뿐만 아니라 마왕성 내부도 관심을 가져야 한다는 거겠지.'

가장 골치 아픈 적은 해결했지만 항시 침입자에 대해서 경계를 기울여야 했다. 주변 몬스터에서부터 마족, 마물. 그리고 플레이어까지 까다로운 존재는 한둘이 아니었다.

'그것뿐만 아니야. 망나니 마왕이었던 헨드릭이 72위인 베텔을 상대로 서열전에서 승리를 거두었으니 다른 마왕 놈들도 충분히 관심을 가질 수 있어. 고작해야 74위에서 72위로 오른 경우지만 서열 70대 마왕들이라면 이야기는 다르다.'

마왕성 플레이어가 된 이상 마왕의 입장에서도 차후를 대비해야 했다.

'그런 면에서 볼 때 병사들 개개인의 능력, 장비, 스킬 등등 전력 방면으로도 신경을 써야 되겠지. 우선 베텔을 통해 얻어 낸 수확이 있으니 본격적으로 마왕성 관리에 들어간다.'

이제 초반 입지를 다진 정도다. 정해진 목표를 위해선 철저히 준비가 필요했다. 용찬은 고대 유적지를 떠올리며 서열전을 통해 성장했을 병사들부터 확인하려 했다.

그 순간, 위층으로 향했던 그레고리가 방으로 들어왔다.

"마, 마왕님. 방금 전 이런 서신이 도착했습니다."

"이건?"

이중으로 밀봉된 봉투가 건네진다. 정 가운데 그려진 화려한 문양이 유독 돋보이는 서신이다.

그레고리는 잔뜩 긴장했는지 조심히 입을 열었다.

"아무래도 프로이스 가문에서 온 서신 같습니다."

"……."

홍염의 패자가 가주로 있는 명실상부한 최고의 가문.

그런 곳에서 서신이 온 것이라면 분명 서열전의 소식이 영향을 주었을 가능성이 컸다.

용찬은 천천히 밀봉된 서신을 꺼내 읽기 시작했다.

그리고 잠시 후 싸늘히 굳은 표정으로 고개를 들어 올렸다.

To Be Continued

소드마스터 힐러님

침략자 퓨전 판타지 장편소설

모두에게 무시당하던 낮은 전투력.
힐러라고 부르기도 민망한 힐량.

모두에게 무시만 받던 나날이었다.

어제까지의 나는 최약의 헌터였다.

하지만 오늘, 검을 뽑은 순간!
나는 더 이상 나약한 힐러 따위가 아니다.

〈소드마스터 힐러님〉

**나는 여전히 힐러다.
그리고 최강의 검성이다.**